William Mc Cay

Indiana Jones Jr et la croix de rubis

Traduit de l'américain par Stanislas de Thou
Illustrations d'Érik Juszezak

HACHETTE Jeunesse

SÉRIE *INDIANA JONES JR* DANS LA BIBLIOTHÈQUE VERTE

Indiana Jones Jr contre le roi Zed
Indiana Jones Jr et le masque de fer
Indiana Jones Jr et la princesse fugitive
Indiana Jones Jr et le tombeau du pharaon
Indiana Jones Jr et les chevaliers fantômes
Indiana Jones Jr et la croix de rubis

L'édition originale de cet ouvrage
a paru en langue anglaise chez Random House
sous le titre
YOUNG INDIANA JONES AND THE CURSE OF THE RUBY CROSS

Hachette, 79, boulevard Saint-Germain, 75006 Paris.

1

Une promenade dans New York

Le jeune Indiana Jones émergea du théâtre en sifflotant une guillerette mélodie. Au sortir de la pénombre, la lumière crue du soleil lui fit cligner des yeux. Les mains dans le dos, jambes écartées, dans une attitude de propriétaire qui contemple son bien, il admira le panorama : Union Square, le plus grand carrefour de New York.

C'était comme une clairière dans une forêt d'immeubles.

Mais que d'animation et que de bruits! On aurait dit que tout ce qui, sur terre, parle, crie, hennit, vrombit ou klaxonne, tout ce qui avance sur deux pieds, quatre sabots ferrés, deux ou quatre roues, s'était donné rendez-vous ici. Les rues étaient remplies de chariots et de fiacres qui faisaient un vacarme de hue! et de dia!, de couinements d'essieux et de claquements de fouet. Sans compter les cyclistes, qui se faufilaient dans les encombrements avec une prestesse de truite, et plus de drelin-drelin que le traîneau du Père Noël. Et les tramways, dont les contrôleurs agrippés à la chaîne d'une grosse cloche semblaient carillonner Pâques avec quelques jours d'avance.

Sur les trottoirs se piétinait une foule hétéroclite, des riches à l'air content, des pauvres à l'air humble. Les jeunes filles de la haute société, avec robes d'organdi, cascades de boucles blondes et ombrelles, donnaient le bras à des dandys parfumés au musc, en gilet de soie, aux chaînes de montre plus grosses que celles des forçats. Tout ce beau monde croisait sans les voir des mendiantes en gris sombre, des ouvriers aux casquettes avachies et aux amples pantalons de velours pochés aux genoux. Dans une porte cochère, un clochard, avec des gestes furtifs de chat errant, fouillait une poubelle.

Au-dessous, grondait le métro.

Indy releva son fédora — son inséparable chapeau à larges bords. Il se sentait new-yorkais, tout à coup, et il en était fier : se dire qu'on vient d'assister à une matinée dans un grand théâtre, il n'en faut pas plus pour donner à un adolescent de la campagne une âme de citadin. Le spectacle avait été é-pous-tou-flant ! Des jongleurs, des comédiens, des magiciens. Et des danseuses — dont on pouvait à loisir admirer les longues jambes, de la cheville jusqu'à mi-cuisse ! Ce n'est pas dans le pays natal d'Indy qu'on aurait vu ça. « On ne peut pas dire que l'Utah soit à la pointe de la mode ! » songea-t-il avec un sourire en coin.

Oh, Indy savait bien que New York ne lui avait pas encore dévoilé le quart de ses merveilles ! On était en 1914, et les plus grandes vedettes avaient quitté Union Square pour les music-halls flambant neufs de la 42e Rue. Mais il ne se plaignait pas. Il venait d'assister à son premier spectacle cent pour cent new-yorkais. En cachette, s'il vous plaît — ce qui ajoutait encore du piment à la chose...

Ce matin-là, sa tante Mary l'avait envoyé une fois de plus « se cultiver l'esprit ». Depuis qu'Indy était arrivé en ville avec son père, il avait tout lieu de penser que la bonne dame s'ingéniait à lui gâcher ses vacances. Précisons qu'elle était maîtresse d'école — ce qui ne constitue pas une excuse, mais du moins un commencement d'explication. Du coup, pendant que le professeur Jones jouait les rats de bibliothèque dans les universités du voisinage, tante Mary s'employait à procurer à Indy des passe-temps « instructifs ». Une certitude était ancrée en elle : son neveu était un cancre, ni plus ni moins.

Toute l'éducation du garçon était « à refaire », selon elle. Certes, elle admettait qu'en suivant partout, comme un excédent de bagage, son globe-trotter de père, Indy avait connu quelques ébouriffantes aventures et appris au passage quelques vérités utiles. Mais qu'on n'aille pas lui dire *à elle* que les voyages forment la jeunesse !

Pour tante Mary, Indy était un ignare, un point c'est tout.

« Tu as passé en tout et pour tout six mois dans un pensionnat en Angleterre[1], se plaignait-elle amèrement. Et encore ! la moitié du temps, tu étais par monts et par vaux au lieu d'étudier. Je suis sûre que, depuis ta naissance, tu as visité plus de pays que tu n'as ouvert de livres. Tu as quatorze ans, jeune homme, et tu ne sais rien. Rien de rien ! A ce train-là, jamais tu n'entreras à l'université. »

Tout bien pesé, elle ne disait pas faux. D'ailleurs, Indy s'était mollement défendu :

« Soit, il y a quelques lacunes dans ma culture générale, avait-il reconnu, mais...

— Dis plutôt qu'il y a un peu de culture générale dans tes lacunes », avait répliqué vertement tante Mary.

Et elle avait pris les choses en main. D'une poigne de fer ! Pour Indy, pas question de se pavaner sous l'exquis soleil du printemps. Il allait là où tante Mary lui disait d'aller, il regardait ce qu'elle recommandait d'avoir vu — après quoi, il rédi-

---

1. Voir *Indiana Jones Jr et les chevaliers fantômes,* dans la même collection.

geait des « rapports », qu'elle *notait,* scrogneugneu !

Le professeur Jones ne s'amusait pas non plus. Mais lui, personne ne le contraignait. Il rédigeait un article sur les Normands — des bonshommes morts depuis dix siècles et dont Indy se souciait comme d'une guigne. Pour un peu, il les aurait même pris en grippe. Sans doute parce que son père, ces temps-ci, lui rebattait les oreilles avec leurs exploits.

Aujourd'hui, le professeur Jones était parti à New Haven consulter quelques ouvrages dans la bibliothèque de l'université Yale. En principe, Indy aurait dû passer la journée au Metropolitan Museum, à l'angle de la 82e Rue et de la 4e Avenue.

« *Toute* la journée ! avait bien recommandé tante Mary. Je veux que tu sois le premier entré et le dernier sorti. Et même ainsi, tu n'auras jamais le temps de tout voir : ce ne sont pas les chefs-d'œuvre qui manquent, là-bas ! »

La matinée passa sans trop d'ennui. On peut même dire qu'Indy aima la collection d'armures des chevaliers du Moyen Age et leur arsenal de haches, de fléaux et de masses d'armes, de lances et d'épées. Quant aux reliques de la Grèce antique et de l'Egypte des pharaons, il les admira de bonne foi. Parce qu'il avait déjà sa vocation d'archéologue solidement chevillée au corps, et qu'il était sûr qu'un jour il en déterrerait, lui aussi, des sarcophages couverts d'hiéroglyphes et des statues manchotes aussi belles que celles-là...

Mais les tableaux? Après avoir tenté une incursion dans la première galerie, Indy décida de faire l'impasse. Toutes les peintures étaient sombres et craquelées, et elles représentaient des personnages habillés comme pour le Mardi gras. Un archéologue a-t-il besoin de s'intéresser à de telles croûtes? Non, bien sûr. De toute façon, Indy avait envie de humer l'air de la grand-ville.

« Pour tante Mary, je m'arrangerai, se dit-il. Les tableaux, tu en as vu un, tu les as tous vus. Ce n'est pas comme les momies. »

Après avoir déjeuné d'un sandwich, il se rendit à Union Square. De la 82e à la 14e Rue! Presque quatre kilomètres! *A pied!* Mais il n'y avait pas d'autre solution : pour payer sa place au promenoir, il fallait qu'il économise le prix d'un billet de tramway.

Maintenant qu'il ressortait du théâtre, il n'avait qu'un seul petit regret, celui de ne pas avoir été mieux placé — à cause des danseuses aux mollets galbés.

Il étouffa un bâillement, submergé par une soudaine vague de fatigue. Le brouhaha qui l'avait grisé tout à l'heure commençait à l'étourdir. Il jongla au fond de sa poche avec les quelques piécettes qui lui restaient. Allait-il sauter dans le tramway qui s'approchait et retourner bien sagement chez tante Mary ? Ses plantes de pieds en feu plaidaient pour cette solution. Et, les prenant en pitié, il se disposa à leur obéir...

C'est alors qu'un bruit insolite retentit dans le lointain. Des cris. Des cris aigus, bien scandés, poussés par un grand nombre de voix, et qui se rapprochaient.

Bientôt, il distingua des paroles. « Droit, droit, droit, vote, vote, vote, femmes, femmes, femmes, droit de vote pour les femmes ! »

Cela venait du sud, de Broadway. Redevenu impitoyable pour ses plantes de pieds, Indy courut jusqu'au coin de la 14e Rue. Là, il faillit percuter une voiture découverte qui roulait au pas, conduite par une femme hilare. Derrière s'étirait un cortège de plusieurs centaines de personnes, presque exclusivement des femmes. Un groupe tout de noir vêtu défilait sous une banderole sur laquelle on lisait « Avocates ». Venaient ensuite des doctoresses, des enseignantes, d'autres professions encore. Une foule de jeunes filles pimpantes fermaient allègrement la marche : des secrétaires, des comptables, des vendeuses, des employées aux écritures.

Indy était fasciné. Certes, il avait entendu parler des femmes qui militaient pour obtenir le droit de vote. Il savait aussi qu'on les appelait des suffragettes, et que ceux qui ne les aimaient pas les traitaient de pétroleuses ou d'anarchistes. Mais en entendre parler, c'est une chose, les voir, c'en est une autre !

Les gens s'arrêtaient sur les trottoirs. On commençait à s'agglutiner, à prendre appui sur les épaules les uns des autres, à se dévisser le cou. Le cortège entra dans Union Square. Par endroits, dans le public, il y eut des acclamations, des applaudissements. Mais la plupart des passants — et même quelques passantes ! — se moquaient des suffragettes.

Une poignée de policiers fit irruption. Ils tentèrent d'arrêter ce flot humain. Mais autant vouloir endiguer un fleuve en crue avec les doigts.

Peu à peu, dans le public, les moqueries s'aigrirent, des quolibets fusèrent, de plus en plus sarcastiques, et bientôt des insultes.

Indy reçut un coup de coude dans les côtes, assez violent pour l'envoyer plus loin : deux grands vauriens réclamaient le passage.

« Hé ! s'écria l'un d'eux. Reluquez-moi un peu ces donzelles ! Vous voulez voter ? Et vous croyez que les vrais hommes vont être assez bêtes pour vous laisser faire ? »

Il avait tout d'un taureau : la nuque, les yeux, l'encolure. Indy le surnomma instantanément Bœuf-gros-sel.

« Ouais ! Cette blague ! » s'exclama son acolyte.

Celui-là empestait si fort le mauvais

alcool qu'Indy en eut la nausée. Il n'en fallait pas plus pour qu'Indiana le baptisât Sac-à-vin.

« Oh ! là ! là ! Y en a des qui sont drôlement mignonnes quand même ! T'as vu la blondinette, là-bas ? »

Indy regarda dans la direction qu'indiquait Sac-à-vin... et se figea de stupeur. Il connaissait cette jeune fille. Ces boucles anglaises toutes blondes sous un chapeau de paille, ces yeux d'un bleu incomparable, ce mignon visage — c'était Lizzie Ravenall !

Comme s'il pouvait avoir oublié sa chère Lizzie ! L'année d'avant, il l'avait aidée à retrouver la fortune de sa famille. Et, du début à la fin de cette aventure[1], dont ils avaient bien failli ne jamais sortir vivants ni l'un ni l'autre, le cœur d'Indy avait battu la chamade chaque fois que Lizzie s'était rapprochée à moins de cent mètres. Les deux adolescents avaient été fort tristes lorsqu'il avait fallu se quit-

---

1. Voir *Indiana Jones Jr et le trésor de la plantation*, dans la même collection.

ter — surtout Indy. Que faisait-elle à présent à New York? Et comment avait-elle atterri au milieu de ce défilé?

Lizzie et une petite brune tenaient, chacune à un bout, une banderole qui proclamait : « Oui au vote des femmes! MAINTENANT! »

Dans le public, le temps des insultes tirait à sa fin. Bientôt, ce serait l'heure des coups. Les deux vauriens qu'Indy avait si gentiment surnommés se jetèrent au milieu des suffragettes. Bœuf-gros-sel interpella Lizzie :

« Hé, blondinette! lui cria-t-il dans les oreilles. Ne te mêle pas de ça! Pense plutôt à la rigolade! Voter, c'est une affaire d'hommes!

— Bien dit! » approuva Sac-à-vin.

Et il arracha à Lizzie sa banderole. A l'autre bout, la petite brune se trouva entraînée contre son gré dans une partie de « tire à la corde » perdue d'avance.

« Arrêtez! cria le joli petit bout de bonne femme.

— Empêche-m'en donc, ma belle! » répliqua la brute avec une grimace moqueuse.

D'autres types à l'air mauvais franchirent les cordons de police et se joignirent aux réjouissances. Ils chahutaient les suffragettes, les raillaient, les bousculaient. Lizzie aurait voulu voler au secours de son amie, mais Bœuf-gros-sel la repoussa sans tendresse. Aussitôt, Indy vit rouge.

« Bas les pattes ! » cria-t-il.

Comme un boulet hors du canon, il bondit, poings fermés, fou de colère : Bœuf-gros-sel allait passer un sale quart d'heure...

Mais quelqu'un fut à pied d'œuvre une fraction de seconde avant Indy : un jeune homme brun, grand et bien bâti, qui jaillit du trottoir d'en face, son beau visage pâli par la rage. Ce nouveau venu, Indy le surnomma illico : Preux-chevalier.

En un éclair, il fut sur Bœuf-gros-sel, l'attrapa par un bras, le fit pivoter et lui assena en plein front un coup de poing à assommer un bœuf justement. L'autre tomba raide.

Là-dessus, ce fut la mêlée générale d'un coin à l'autre de l'Union Square. Indy était pris dans une émeute !

2

En un combat douteux

Au milieu de la cohue, Indy découvrit à ses dépens ce que devait éprouver un grain de blé dans un concasseur. De toute part, des gens accouraient pour se joindre à la bataille. D'autres tâchaient de fuir.

Soudain, des sifflements stridents percèrent le vacarme de l'émeute. La police ! Les renforts venaient d'arriver.

D'innombrables hommes en uniforme bleu se ruèrent sur la foule et commencèrent à bastonner les crânes avec leurs longues matraques. Quiconque se trouvait là était frappé, homme ou femme, indistinctement : les policiers n'épargnaient personne. Mais Indy remarqua que seules

les suffragettes étaient entraînées vers les paniers à salade.

« Lizzie ! Il faut la tirer de là ! » pensa Indy. Il se faufila entre les combattants pour la rejoindre. La malheureuse, pour l'heure, essayait de se libérer des bras de Sac-à-vin, qui la tenait serrée contre sa panse. La grosse brute, aux prises avec Preux-chevalier, se servait de la jeune fille comme d'un bouclier. Indy intervint. Il décocha un grand coup de pied dans la jambe de Sac-à-vin, juste à l'endroit où le tibia affleure presque sous la peau. L'autre poussa un hurlement et laissa échapper sa proie. A la seconde suivante, Preux-chevalier lui plaça un terrible uppercut sous le menton. Sac-à-vin tournoya un instant, les yeux dans le vague, un sourire niais sur les lèvres, puis il s'abattit sur les pavés comme un arbre sous la hache du bûcheron.

Preux-chevalier sourit à Indy.

« Merci, l'ami », dit-il.

Lizzie se retourna pour voir à qui il en avait, reconnut Indy, se figea.

« Indiana Jones ! s'exclama-t-elle enfin en écarquillant les yeux. Qu'est-ce que tu fais ici ?

— J'allais justement te poser la même question. »

Indy tituba, emporté dans un soudain remous de la foule. Peu s'en fallut qu'il ne perde de vue Lizzie et leur nouvel ami.

« Des flics! cria une voix. Il en arrive d'autres! Sauve qui peut! »

Un homme s'enfuit en courant, la tête dans les mains. Du sang lui coulait entre les doigts.

Un policier, qui faisait tournoyer sa matraque comme à la parade, s'approcha de la brunette — la compagne de Lizzie. Sans se démonter, elle lui jeta sa banderole sur la tête. Et, tandis qu'il s'en dépêtrait, elle adressa un sourire de victoire à son amie, au lieu de s'enfuir. Fatal retard! Car une grosse main surgit alors de la foule, la saisissant au collet — et il n'y eut plus de quoi sourire : la grosse main en question émergeait d'une manche bleue.

« Je t'ai vue faire, mam'zelle! » dit le policier d'une voix grondante.

A en juger par son air furieux, il était prêt à faire passer un mauvais quart d'heure à la jeune fille. Du coup, Preux-

chevalier prit son élan, comme s'il voulait se replonger dans la bataille.

« Non! Va-t'en! lui cria la brunette, alors que le policier furibond l'entraînait vers le panier à salade. Ne t'en fais pas! Mon frère Wilfred... »

Indy n'entendit pas la suite. Il fut encore bousculé et faillit perdre l'équilibre. Surtout ne pas tomber! Une foule en déroute peut vous aplatir un homme aussi sûrement qu'un troupeau d'éléphants.

Lizzie s'accrocha plus fermement au bras d'Indy et, de l'autre main, saisit celui de Preux-chevalier.

« Ne vous en faites pas pour Minna, dit-elle. Sa famille va la tirer de là. Mais nous trois ?... »

Elle avait beau faire la brave, sa pâleur la trahissait.

« Venez! » dit Indy.

Il fallait sortir d'Union Square. Un mur d'uniformes bleus barrait déjà les issues côté sud. Alors, le trio se tourna tout naturellement vers le nord. Mais un autre cordon de police était en train d'y prendre position.

« Encore des tuniques bleues ! soupira plaintivement Lizzie, très apeurée cette fois. Par où pourrions-nous... ? »

A l'est, il n'y avait que des façades.

« Par ici ! » dit Preux-chevalier.

Et il entraîna ses deux nouveaux amis vers le parc, à l'ouest.

Une clameur d'effroi et de souffrance s'éleva lorsque le second cordon de police chargea dans le dos de la foule qui reculait. Les policiers qui gardaient le sud s'élancèrent à leur tour, tambourinant au petit bonheur sur les têtes comme un orchestre de sauvages sur des arbres creux. Les manifestants étaient pris en étau.

Trébuchant sur les rails du tramway ou les pavés inégaux, les deux garçons faisant rempart à la fille, le trio se fraya un chemin entre les coups de coude et les coups de genou. Ils aperçurent enfin les grilles du parc. Seuls une petite poignée de provocateurs et de briseurs de grève professionnels en interdisaient l'entrée.

« Minute, sœurette ! dit l'un de ces honnêtes citoyens en saisissant Lizzie par l'avant-bras. Tu portes des fleurs jaunes, toi, comme toutes ces chipies anarchistes. »

Indy regarda le petit bouquet de boutons d'or épinglé sur le corsage de Lizzie — le signe de ralliement des suffragettes. On ne pouvait pas se trahir plus éloquemment!

Sans perdre de temps à discuter, Lizzie leva son parapluie. C'était le bras du malfrat, qu'elle visait, mais bougea-t-il? manqua-t-elle son coup? toujours est-il qu'il le reçut sur la tête. Aussitôt calmé, il s'affala comme une masse. Les autres mauvais sujets battirent en retraite.

« Et voilà comment l'on s'ouvre la route du salut, les garçons! claironna Lizzie. Grâce à la méthode d'autodéfense du bon docteur Latson. »

Le trio de fugitifs s'engouffra dans le parc, entre les rangées d'arbres nouvellement reverdis par le printemps.

« Cela n'explique pas pourquoi le type est tombé », remarqua Indy.

Il soupesa le parapluie de Lizzie et parut estomaqué.

« Quelqu'un a mis du plomb dans le manche! s'exclama-t-il. Lesté comme il est, on fendrait le crâne d'un bélier avec!

— C'est un truc que j'ai appris des filles du syndicat du textile, expliqua Lizzie. C'est bien utile dans les piquets de grève. Contre les "jaunes"!... » ajouta-t-elle avec un petit gloussement de jubilation.

Vif comme l'éclair, Preux-chevalier lui arracha des mains son précieux parapluie.

« Si les flics te prennent avec ça, tu vas tout droit en prison », dit-il sévèrement.

Et il jeta l'objet dans un bosquet.

« Tant que tu y es, débarrasse-toi de ces fleurs ! » commanda-t-il ensuite.

Lizzie obéit sans répliquer. Indy, qui contemplait la scène sans mot dire, n'en croyait pas ses yeux. Avec la Lizzie qu'il avait connue, il fallait toujours discutailler. La tête sur le billot, elle aurait encore voulu avoir le dernier mot. Et voilà qu'elle faisait docilement les quatre volontés de cet étranger. En posant sur lui des yeux éperdus d'admiration, qui pis est !

« Ce n'est pas Preux-chevalier que j'aurais dû l'appeler, songea tristement Indy. C'est Gueule-d'amour. »

Ils traversèrent en courant les pelouses

du parc, en même temps que quelques dizaines d'autres fuyards, dont certains, fous de peur, ne se rendaient même pas compte qu'ils avaient perdu leurs chaussures ou qu'ils étaient blessés. Sur Union Square, derrière le rideau d'arbres, la bagarre continuait.

Lorsque les trois amis ressortirent du parc à l'opposé, Gueule-d'amour ralentit le pas. Ses yeux bleus sur son teint mat tranchaient comme la lumière sur la nuit. Indy le dévisagea, perplexe, car il n'arrivait pas à le situer. En tout cas, c'était un émigrant de fraîche date, car il parlait avec un léger accent étranger. Somme toute, il avait l'air italien ou grec — avec quelque chose de scandinave dans le regard. Il sourit à Lizzie, dévoilant des dents blanches et régulières comme deux rangs de perles.

« Ouf! Je crois que nous avons semé ces satanées... comment les appelles-tu déjà? "tuniques bleues"? »

Lizzie rougit.

« Pardon, j'avais oublié que je suis désormais en territoire yankee, dit-elle. C'est comme ça que nous autres, gens de la Caroline du Sud, appelions les soldats nordistes, pendant la guerre de Sécession... à cause de leurs uniformes bleus. A propos, continua-t-elle avec un sourire timide, moi, c'est Lizzie Ravenall. Et voici mon ami Indy.

— Moi, c'est Normanni, Roberto Normanni », répondit le jeune homme.

Il prit la main de Lizzie et s'inclina révérencieusement. Ce qui porta à son comble le déplaisir d'Indy. Comme si Roberto ne pouvait pas se contenter d'être beau garçon sans faire le charmeur, en plus !

« Hum, hum ! Ce n'est pas tout ça, intervint Indy, mais si nous restons là à faire des manières, les flics vont nous rattraper. »

Comme il disait ces mots, des coups de sifflets retentirent dans le parc, non loin de la sortie.

« Tu as raison, Indy, approuva Roberto, avec sa petite pointe d'accent. Filons ! »

Aussitôt, ils se remirent en marche, enfilant la première rue venue, pourvu qu'elle les éloigne du parc, et d'un bon pas, sans flâner mais sans courir, afin de ressembler à des promeneurs pressés et non à des fuyards.

« Indy ? répéta Roberto, l'air interrogateur. C'est un drôle de nom.

— C'est un sobriquet, expliqua brièvement Indy. L'abréviation d'Indiana. Je suis Indiana Jones. »

En vérité, il s'appelait comme son père. Mais il ne se voyait pas disant : « Bonjour ! je m'appelle Henry. » D'après lui, ceux qui ne connaissaient pas son vrai prénom pouvaient continuer de l'ignorer. Quant à ceux qui le connaissaient, moins ils s'en servaient, mieux cela valait. Indiana, c'était le nom qu'il s'était choisi — en l'honneur d'un chien qui l'avait un jour sauvé d'un serpent. Le nom d'un brave...

Sans compter qu'Indiana Jones, ça sonnait bien !

Ils continuèrent gaillardement à avancer, franchirent plusieurs pâtés de maisons. Derrière eux, le brouhaha de la manifestation s'estompait. Lizzie poussa un profond soupir.

« Où étais-tu passé ? demanda-t-elle soudain, tournée vers Indy. Je t'ai écrit, mais les lettres sont toutes revenues avec la mention : "N'habite plus à l'adresse indiquée.” Tu as toujours autant la bougeotte ? »

Le rose de contentement qui monta aux joues d’Indy en apprenant que l’appétissante Lizzie lui avait écrit plusieurs lettres vira très vite au rouge de honte : lui-même n’avait pas eu l’idée de lui envoyer la moindre petite carte...

« Eh bien, je, euh, je, euh, j’ai beaucoup voyagé. L’Egypte, la Russie, l’Angleterre... Tu sais, papa sillonne le monde, et je le suis partout comme son ombre.

— Dis plutôt que tu l’encombres comme une valise sans poignée », plaisanta Lizzie.

N’empêche, la Russie, l’Egypte, tout ça, elle était impressionnée. Et Roberto aussi, apparemment.

« Et toi, demanda Indy, qu’es-tu devenue ? Lorsque nous nous sommes quittés, c’était à Washington, si je me souviens bien... »

Evidemment qu’il s’en souvenait bien, mais il croyait habile de jouer les désinvoltes.

« ...Et tu étais sur le point d’entrer à l’université Georgetown, c’est ça ?

— Eh bien, je, euh, je, euh... »

Maintenant, c'était au tour d'Indy de poser des questions embarrassantes, et au tour de Lizzie de bredouiller.

« Les choses ne se sont pas passées exactement comme je l'avais espéré, reprit-elle. J'ai eu une mauvais surprise après ton départ. En vérité, ce fut la croix et la bannière pour rentrer en possession du trésor de mon grand-père. »

Indy eut l'air surpris.

« Je croyais qu'il n'y avait plus que quelques formalités à accomplir, et qu'on te remettrait ton héritage ?

— Eh bien, ça ne s'est pas du tout passé comme ça, répondit Lizzie, dont la mâchoire tremblait de colère mal contenue. Tout ça, parce que je suis une fille ! »

Et quelle fille ! pensa Indy.

« Le juge a estimé qu'il me fallait un tuteur ! Me coller un tuteur, à *moi* ! »

A cette seule idée, Lizzie écumait de rage.

« Tout ça parce que mes parents sont morts ! Je sais pourtant me débrouiller toute seule ! J'ai fait des études, j'ai gagné ma vie à la sueur de mon front, j'ai aidé à la découverte du trésor ! Mais cet âne de juge m'a traitée comme si j'étais une... une *gamine*!

— Qui ont-ils nommé tuteur?» demanda Indy.

Connaissant Lizzie comme il la connaissait, il plaignait le malheureux sur qui était tombé le fardeau.

« Quelqu'un de bien, heureusement. Ça, je ne peux pas le leur reprocher, reconnut Lizzie. Le docteur Walton. »

Indy leva les yeux au ciel. Pauvre cher docteur Walton! C'était un savant, un professeur d'histoire de grand renom, qui connaissait mieux que quiconque la guerre de Sécession. Mais le vieil homme ignorait tout du monde moderne — et, en particulier, de la façon dont il convient de s'y prendre avec une fille comme Lizzie. Du coup, la suite ne surprit point tout à fait Indy.

«J'ai donc pris des cours à l'université Georgetown, reprit Lizzie. Et c'est là que j'ai découvert que je n'étais pas la seule à trouver révoltante la manière dont les femmes sont traitées. J'ai rencontré les suffragettes, et j'ai décidé de les aider.

— Comme tu les as aidées aujourd'hui? demanda Roberto avec un sourire.

— Oui, j'ai participé à plus d'un défilé, répondit Lizzie en lui rendant son sourire. Mais je ne me suis jamais fait arrêter, je ne connais pas l'odeur qui règne dans les commissariats. »

Elle en paraissait presque déçue.

« C'est alors que le docteur Walton a découvert le pot aux roses, enchaîna-t-elle. Et il a décidé de m'éloigner de Washington. C'est pourquoi il m'a inscrite à l'université Columbia. Il ne lui est même pas venu à l'idée qu'il pouvait aussi y avoir des suffragettes ici. Aujourd'hui, c'est ma première manif' new-yorkaise. C'est bien plus imposant que tout ce à quoi j'étais habituée. Et beaucoup plus violent, ajouta-t-elle en se mordant les lèvres. Jusqu'ici, j'avais surtout fait du travail d'organisation.

— C'est aussi ce que je fais, moi, intervint Roberto Normanni. Du travail d'organisation. »

Ses yeux allaient de Lizzie à Indy.

« Chez moi, en Sicile, j'étais tailleur de pierres, je construisais des églises. Ici, je construis des immeubles. C'est un travail très dur, mes amis. Et dangereux. Et mal payé. Les patrons n'ont aucun souci de notre sécurité. Les accidents du travail tuent des milliers d'ouvriers. Il y a des blessés par centaines de milliers, dont certains restent infirmes. Et pendant ce temps-là, les riches deviennent deux fois plus riches ! »

Indy était impressionné.

« Le syndicalisme, n'est-ce pas dangereux ? » demanda-t-il.

Roberto haussa les épaules.

« Parfois. »

Il releva l'épaisse mèche de cheveux qui lui tombait sur le front et dévoila une cicatrice.

« C'est un briseur de grève qui m'a fait ça, l'année dernière », commenta-t-il.

« Il ne manquait plus que cela ! pensa Indy en surprenant le regard extasié de Lizzie tourné vers Roberto. Maintenant, elle le tient carrément pour un héros. Elle boit ses paroles. Encore heureux que ce drôle de type donne l'impression de ne s'apercevoir de rien. »

Un nouveau concert de sifflets se fit entendre.

« Le plus sage serait que tu ne restes pas avec moi, dit Roberto à Lizzie. Les flics n'aiment pas les syndicalistes, ni leurs amis. »

Ils les entraîna plus loin vers l'ouest, jusqu'au pied du métro aérien de la 9e Avenue. Lizzie n'avait qu'à y monter pour retourner directement à son campus.

« Je n'ai pas vraiment envie de vous quitter », commença-t-elle.

Puis, jetant un coup d'œil à sa montre.

« Quoi. Déjà ! » s'exclama-t-elle, sincèrement navrée.

Pendant une seconde, elle parut si confuse que c'en était adorable, et le cœur d'Indy s'enfla dans sa poitrine. Mais il fallut qu'elle gâche tout en posant une fois de plus sur Roberto ses yeux d'adoratrice. Jamais elle n'avait eu un tel regard pour Indy.

« J'espère qu'on se reverra, dit-elle un peu timidement au Sicilien. Bonne chance. »

Elle s'engagea dans l'escalier qui grimpait jusqu'à la station du métro, puis, se souvenant soudain de la présence d'Indy, se retourna.

« Et toi ? lui demanda-t-elle. Dois-tu rentrer ? »

Indy fit signe que non.

« J'ai déjà laissé passer l'heure du dîner. Du coup, je ne suis pas pressé de revoir ma chère tante. Elle va m'écharper.

— Je ne peux rien pour adoucir le caractère de ta tante, dit Roberto avec un sourire. Mais pour ce qui est de dîner, si le cœur t'en dit, tu peux toujours venir chez moi.

— Oh, oui, génial ! » s'exclama Indy.

Car, en dépit de sa jalousie, il trouvait sympathique le jeune émigré.

« Dans ce cas, salut les garçons ! Amusez-vous bien ! leur cria Lizzie. Vous savez où j'habite, faites-moi signe. »

Avant de la laisser s'élancer dans l'escalier, Indy lui donna le nom, l'adresse et le numéro de téléphone de sa tante. Puis, il laissa échapper un sourire. La soirée aurait été tellement plus agréable en compagnie de Lizzie ! Mais puisque Roberto pensait qu'elle avait tout à craindre en restant...

Etait-il donc si dangereux de le fréquenter ?

3

Il n'y a pas de fumée sans feu

Roberto habitait Thompson Street, dans Greenwich Village, un quartier misérable au sud de Washington Square, presque entièrement peuplé d'immigrants italiens.

«Je partage un petit appartement avec mon oncle, ma tante, leur fils et deux amis, expliqua Roberto.

— Des amis? s'étonna Indy.

— Enfin, disons des locataires, admit le jeune Sicilien. Les loyers sont chers à New York. Cinq dollars par semaine pour un petit quatre pièces. Alors, nous sous-louons une chambre. Entre pauvres gens, ça n'a jamais fait de mal de s'entraider.»

Ils allaient bon train, cap au sud.

Soudain, après une vingtaine de minutes de marche, Indy eut l'impression de débarquer dans un pays étranger. Les rues devinrent étroites et tordues, encombrées de charrettes à bras et de gens qui s'interpellaient en italien. A l'occasion, au milieu d'une tirade débitée à cent à l'heure, Indy reconnaissait un mot que ses leçons de latin lui avaient rendu familier. Encore plus rarement, il entendait un mot d'anglais.

Du linge séchait sur des fils tendus à travers les ruelles. Des éclats de querelles fusaient par les fenêtres. Des détritus aussi, qui ensuite jonchaient le sol, ou restaient pendus dans les branches des arbres. Les mêmes odeurs d'épices et d'oignons frits s'échappaient de centaines de cuisines à la fois et saturaient l'air. Greenwich Village, en ce temps-là, était la petite sœur de Naples...

Toutes les façades de briques rouges se décrépissaient rapidement. Les immeubles, tous semblables, étaient tassés les uns contre les autres, même pas espacés par une étroite allée. Indy en conclut qu'à moins d'habiter une pièce qui donnait sur la rue, on n'avait pas de fenêtre. Il en fit la remarque à Roberto, qui approuva d'un signe de tête.

« Il y a des prises d'air, dit-il en se renfrognant. Mais pas de lumière. Et l'air empeste la pourriture. »

Il s'arrêta devant un immeuble qui paraissait un peu moins décati que les autres.

« Nous y sommes, dit-il. Il ne reste plus qu'à monter les cinq étages. Si tu n'as pas faim au rez-de-chaussée, ajouta-t-il en souriant, je te garantis que c'est le genre d'escalade qui ouvre l'appétit, et que tu seras affamé en arrivant en haut ! »

La porte de l'appartement ouvrait directement sur la cuisine. L'oncle de Roberto, *signor* Catania, apparut en premier. C'était un géant. Il ne parlait pas l'anglais. Mais même en italien, il préférait se taire. La *signora* Catania, en revanche, était aussi exubérante que son mari était taciturne. Elle connaissait l'anglais, l'italien, plus un patois de la région de Palerme, et plaisantait dans les trois langues, à trois cents mots par minute. D'exquis parfums sortaient de la marmite qu'elle touillait allègrement.

Indy fut accueilli à bras ouverts. On lui fit une place à table, à côté de Roberto. Trois autres jeunes gens les rejoignirent autour d'un énorme plat de spaghettis. L'un d'entre eux était Silvio, le cousin de Roberto, et les deux autres, les sous-locataires. Aucun des trois ne parlait bien l'anglais. Mais ils trouvaient sympathique le jeune Américain que Roberto venait de ramener à la maison, et ils saisirent l'occasion de faire des progrès en discutant avec lui.

Bientôt, Indy se trouva entraîné dans une conversation animée et drôle, et qui partait dans tous les sens. Roberto, qui n'avait pas oublié qu'il avait affaire à un globe-trotter, lui fit raconter quelques-unes de ses aventures. Les garçons décrivirent le village de Sicile dont ils venaient. Puis ils firent le récit de leur traversée jusqu'en Amérique.

« Nous étions entassés à fond de cale, dit l'un des sous-locataires, avec une grimace de dégoût.

— On nous traitait pire que des bêtes, dit l'autre. Et puis, une fois en Amérique, on nous a parqués comme du bétail sur Ellis Island, le temps que les services de l'Immigration décident s'ils allaient nous garder ou pas.

— Nous pensions qu'en Amérique coulaient le lait et le miel», dit Silvio. Il eut un regard pour ses ongles usés et si encrassés qu'il ne pourrait jamais les ravoir propres. « Mais il n'y coule que du sang, de la sueur et des larmes, comme partout ailleurs.

— Et Silvio est payé pour le savoir, ajouta Roberto. Il sue sang et eau à creuser les tunnels du métro.

— Parfois, je regrette la Sicile, dit Silvio.

— Non, s'exclama Roberto, il n'y a pas de regret à avoir! Là-bas, nous ne pouvions rien faire d'autre que traîner notre misère du berceau au tombeau. Ici, c'est dur, mais du moins tous les espoirs sont-ils permis. »

Son visage s'illumina.

« Ici, chacun peut accomplir son destin. Chacun, d'où qu'il vienne! Et pas seulement les Italiens, mais les Polonais, les Russes, les Grecs, les Chinois, les Irlandais, les Japonais, et tous les autres. Chaque année, il en arrive plus d'un million, qui ne demandent qu'une chose : devenir des Américains.

— Ça fera des passagers pour mon métro, dit Silvio. Et pour toi, Roberto, des malheureux à défendre», ajouta-t-il, visiblement fier de la combativité de son cousin.

Dans la conversation, on aborda encore mille sujets, en vrac : le droit de grève, les mérites respectifs des filles belles ou gentilles, les menaces de guerre en Europe, les merveilleux fous volants sur leurs drôles de machines — et, pour finir, le base-ball : est-ce que ces fils à papa des Brooklyn Dodgers pouvaient battre les New York Giants, des vrais pros, ceux-là ?

Alors, la pendule sur le manteau de la cheminée sonna dix heures.

« Est-il déjà si tard ? s'exclama Indy. Oh, mes amis, on ne voit pas le temps passer en votre compagnie. Il faut absolument que je rentre. Tante Mary va... »

Il s'apprêtait à se lever. Roberto lui posa la main sur l'avant-bras et le fit rasseoir.

« Indy, je sais que tu es de taille à te défendre tout seul. Mais les rues, la nuit, par ici, sont, comment dire ? pleines de gens peu recommandables. N'as-tu pas dit tantôt que ta tante avait le téléphone ? Les Torini, à l'étage en dessous, l'ont aussi. Appelle-la pour la rassurer. Si tu veux, tu peux passer la nuit ici, qu'en dis-tu ? »

La tante Mary fut bien aise d'avoir enfin des nouvelles de son galopin de neveu. Et puis, bien vite, comme toujours dans ces cas-là, le soulagement céda la place à la colère.

« Henry Jones, où étais-tu passé ? s'écria-t-elle. Je me suis fait un sang d'encre. Tu n'as pas honte, à ton âge, de traîner par les rues à cette heure de la nuit ? »

Indy fit la grimace. Tante Mary n'avait vraiment pas de cœur : non seulement elle le réprimandait, mais encore elle l'appelait Henry !

« Tu vois, ma tante, j'ai rencontré par hasard une amie de papa. Enfin, c'est un peu aussi une amie à moi. Et puis j'ai dîné avec un ami à elle — et les heures ont passé sans que je m'en aperçoive... »

Tout cela n'était pas très clair, vague au possible, mais du moins Indy faisait-il ainsi l'économie d'un mensonge. Enfin, presque.

« Bref, reprit-il, on m'invite à dormir. Je te passe M. Normanni. »

Au téléphone, Roberto fut absolument charmant. Et lorsqu'il rendit l'écouteur à Indy, ce fut une tante Mary transformée qui roucoula au bout du fil.

« D'accord, je t'autorise à rester, dit-elle. Mais je veux que tu sois à la maison à la première heure demain matin. Tu as ton rapport à rédiger. Et je ne veux pas que tu encombres ces braves gens plus que de raison. »

Indy promit d'être bien sage, raccrocha et remonta l'escalier derrière Roberto.

L'appartement des Catania n'était pas bien grand, et les lits en nombre compté. Indy se retrouva partageant un lit-cage avec Roberto dans le salon. Silvio dormait aussi dans la pièce. Il ronflait comme un vieux moteur. Ce qui n'empêcha pas Indy d'être rapidement emporté par les fatigues de cette longue journée.

Mais il fit bientôt un cauchemar où il se voyait pris dans un épais brouillard qui l'asphyxiait, et il se réveilla en sursaut. Il ouvrit les yeux. Autour de lui, des ténèbres. La lune n'était plus dans le ciel, et dans la pièce il faisait noir comme dans un four.

Ce n'était pas son lit!

«Où suis-je?» se demanda-t-il, un instant effaré.

Et puis, il se souvint. Il dormait chez les époux Catania, l'oncle et la tante de Roberto Normanni. Et celui qui faisait un bruit de train, là-bas, dans le coin, c'était Silvio.

Indy tourna et vira un instant dans le lit, mal à l'aise : il faisait trop chaud dans la pièce, et on y respirait mal.

Il toussa.

Par Dieu, c'était de la fumée!

En titubant, Indy alla jusqu'à la cuisine. L'odeur de fumée se précisait, de plus en plus âpre. Indy entrebâilla la porte de l'appartement.

En contrebas, une lueur rosée brillait. Indy se pencha et comprit vite pourquoi : il y avait le feu dans l'entrée. Des flammes rougeoyantes s'attaquaient déjà à l'escalier de bois, progressant de marche en marche comme le long d'une mèche.

Il n'y avait plus d'issue.

4

Comme un chat sur la braise

Pendant une seconde, Indy resta pétrifié. Puis, il se secoua. Il rentra précipitamment dans l'appartement en faisant claquer la porte derrière lui.

« Réveillez-vous ! cria-t-il. Il y a le feu à la maison ! »

En un clin d'œil, tout le monde fut debout. Silvio s'élança vers la porte, mais Indy le retint.

« Pas par là ! L'escalier est en flammes ! »

Roberto courut alors à la fenêtre. C'était une fenêtre à guillotine. Il la releva brutalement.

« Par l'escalier d'incendie, vite ! » commanda-t-il.

Il essaya d'entraîner sa tante sur le petit balcon de fer, mais la *signora* Catania, dans son affolement, s'agrippait à son bras et se lamentait en palermitain.

« Silvio, viens aider ta mère ! Moi, je cours avertir les autres gens de l'immeuble », dit Roberto.

Indy le suivit. Ils allèrent d'étage en étage, d'appartement en appartement, cognant aux portes, criant : *« Fuoco !* Au feu ! »

Bientôt, les étroits balcons de fer s'emplirent de silhouettes tremblantes qui se ruaient vers l'escalier d'incendie et le dévalaient quatre à quatre. Silvio, maintenant sur le trottoir, brisait les fenêtres du rez-de-chaussée, hurlant *« Fuoco ! Fuoco ! »* pour alerter les gens qui habitaient là.

Indy était le dernier à descendre. Plus on se rapprochait du sol, plus l'air devenait brûlant et irrespirable.

Au niveau du second étage, Indy aida un vieillard à se glisser sur le raide escalier de fer. Une foule de badauds s'était attroupée dans la rue pour profiter du spectacle. Indy regarda cette forêt de visages tournés vers lui comme vers un

funambule ou un trapéziste. Quelque chose n'allait pas. Il avait pourtant cru qu'il fermait la marche...

« Où est Roberto ? » cria-t-il aux gens sur le trottoir.

C'est Silvio qui répondit.

« Il est allé prévenir ceux du deuxième ! »

Le deuxième étage, c'était justement là qu'Indy se trouvait. Il examina les fenêtres et les trouva toutes fermées. Personne n'était sorti par là !

Il essaya de regarder à l'intérieur à travers les vitres mais ne vit rien. Alors, il ôta sa veste, l'enroula autour de sa main et fracassa le carreau d'un coup de poing. Par l'orifice, une épaisse fumée noire et visqueuse se répandit.

Indy ouvrit la fenêtre et se retourna vers Silvio.

« Viens m'aider ! »

Silvio ne se le fit pas dire deux fois : il accourut à la rescousse. Pendant ce temps, Indy avalait une dernière goulée d'air frais et plongeait dans les ténèbres enfumées. Il tâtonna, cogna contre les meubles : un rocking-chair, une table, un tapis... Non, *ça*, ce n'était pas un tapis.

C'était un corps!

« Indy? appela Silvio, par la fenêtre ouverte.

— Par ici! Il y a quelqu'un dans les vapes. »

Indy et Silvio emportèrent la femme dehors.

« En principe, il y a encore trois personnes dans cet appartement, le père et les deux gosses », dit Silvio.

Et il retourna au milieu du nuage noir et suffocant. Indy le suivit. Quelques autres vinrent les rejoindre. On trouva le petit garçon évanoui près de la fenêtre. Ces gens avaient été alertés, pensa Indy. Seulement, la fumée empoisonnée les avait asphyxiés avant qu'ils aient eu le temps de s'enfuir.

Indy se mouvait comme un aveugle, à petits pas, les bras en avant.

« Par ici! » cria-t-il lorsqu'il buta contre le corps de l'homme.

« Par ici! » appela presque au même moment l'un des autres, qui venait à son tour de trébucher sur le corps de la petite fille.

Maintenant, on avait retrouvé tous les habitants de cet appartement.

Mais où était Roberto ?

A bout de souffle et secoués par la toux, Silvio et les autres durent s'avouer vaincus. Dans la cuisine régnait une chaleur d'enfer. Indy se dit que les flammes devaient avoir atteint le palier. Il fallait pourtant bien que quelqu'un aille y voir. « Oui, et l'on dirait que c'est moi que le sort a désigné pour ça », pensa-t-il.

Indy essaya de ramper, car il y avait moins de fumée près du sol. Mais les lattes du parquet étaient brûlantes.

« Maintenant, je sais ce qu'éprouve une côte de bœuf sur un barbecue, se dit Indy. Je ne vais pas pouvoir rester ici beaucoup plus longtemps. Tout risque de s'embraser d'une minute à l'autre. »

Au même moment, comme pour lui donner raison, la porte de l'appartement partit en flammes. Un éclair aveuglant perça la fumée. C'est alors qu'Indy aperçut Roberto. Il était à plat ventre par terre, sans connaissance, à deux pas du brasier, qui rampait vers lui comme un dragon vers une proie.

Indy se précipita, indifférent aux brûlures. Il saisit Roberto par le bras, le tira hors de la cuisine, puis à travers le salon, vers la fenêtre. La sueur dégoulinait le long de son corps, comme s'il était sous la douche. L'atroce fumée lui écorchait les yeux et la gorge. Roberto pesait une tonne. Et Indy n'avait même plus la force d'appeler à l'aide.

Enfin, ils atteignirent la fenêtre. Le balcon métallique était désert. Indy comprit pourquoi lorsqu'il posa la main sur la rampe : elle était brûlante comme un fer rouge.

En dessous de lui, il aperçut une véritable langue de feu, qui surgit d'une fenêtre du rez-de-chaussée et s'enroula autour de l'escalier d'incendie.

« Impossible de descendre ! » dit-il à Roberto.

Son ami était revenu à lui et, penché au-dehors, happait goulûment un peu d'air frais. Lorsqu'il estima avoir assez repris son souffle, il s'extirpa par l'étroite fenêtre, et tenta de se redresser. Mais il ne tenait sur ses pieds que lourdement appuyé contre Indy.

Il regarda autour de lui, l'air désemparé.

« Mais que... ? » commença-t-il.

Un cri l'interrompit.

« Roberto ! Indy ! »

C'était la voix de Silvio. Le jeune homme était perché sur l'escalier de secours de la maison d'en face.

« Par ici ! Grimpez là-dessus ! »

Entre les deux balcons, il glissa une planche pour faire un pont. Indy la récupéra. Lorsqu'elle fut solidement calée, il aida Roberto à y monter. Derrière eux, le feu, après avoir dévoré la cuisine, attaquait le salon.

Roberto rampa sur la planche, lentement, oh, si lentement que c'était un supplice de le contempler ! Indy renifla une odeur de cuir brûlé. Il baissa les yeux : ses semelles de chaussures rissolaient sur le métal chauffé à blanc.

Roberto était arrivé de l'autre côté. Maintenant, c'était le tour d'Indy. Les badauds lui criaient des encouragements. Mais tout ce qu'il entendait, c'était le grondement des flammes derrière lui. Les fenêtres du deuxième étage explosèrent comme les cratères d'une chaîne de volcans, vomissant des gerbes de feu. Ouf ! Il était sorti de là à temps...

Enfin, il arriva de l'autre côté. Une demi-douzaine de mains empressées se saisirent de lui. Indy se remit à respirer un peu plus librement. L'air pur et frais de la nuit agissait comme un baume sur ses bronches endolories.

« Je ne... je n'arrive pas... à croire... que nous nous en sommes sortis, bredouilla Roberto d'une voix haletante, entrecoupée de quintes de toux. Tu m'as sauvé la vie ! Je sais maintenant... pourquoi... je t'ai rencontré aujourd'hui... Indiana Jones.

— Bien sûr ! plaisanta Indy, un peu embarrassé. Le destin m'a mis sur ta route pour que je te sauve la vie. Parce que tu es trop jeune pour mourir et que tu n'as pas encore assez embêté le patronat ! »

Les deux garçons rirent ensemble de cette bonne blague, malgré le calvaire que ce rire valait à leurs gorges. Mais pas Silvio. Au contraire, il se rembrunit.

« Il n'y a pas de quoi s'amuser, leur dit-il tout en redescendant. Lorsque j'ai aidé maman à s'échapper, j'ai trouvé dans la rue quelque chose qui ne va pas vous plaire. »

Ils rejoignirent la terre ferme. Indy aperçut les pompiers qui commençaient à dérouler leurs tuyaux. Dans un coin, un policier parlait avec les deux sous-locataires des Catania. Les jeunes gens montaient la garde à côté d'un jerrycan abandonné dans le caniveau. Même à cette distance, Indy déchiffra ce qui y était écrit en grosses lettres jaunes.

« Kérosène, murmura-t-il.

— Ouais, fit Silvio. Cet incendie n'est pas un accident. Il a été allumé exprès. Et je pense que c'était pour avoir la peau de Roberto. »

5

Dans les beaux quartiers

Le lendemain matin, Indy se fit toiser avec dédain par les gens qu'il croisa sur son chemin et, dans le tramway qui le ramenait chez tante Mary, à l'ouest de la 27e Rue, ses voisins grimacèrent, pinçant les narines comme à côté d'un putois. Il avait beau s'être lavé, ses vêtements empestaient toujours la fumée. Mais, une fois rentré au bercail, il eut à affronter bien pire que les regards désobligeants d'une poignée d'inconnus.

Le professeur Henry Jones était revenu de Yale. Indy se retrouva planté au milieu du tapis du salon, son père et sa tante siégeant côte à côte derrière le bureau, comme un tribunal d'exception, avec, gravée sur leurs traits, la menace d'une terrible sentence.

La tante Mary était grande et maigre et ne portait que du noir. A la voir, on aurait dit une caricature de maîtresse d'école. Mais à l'entendre, lorsqu'elle procéda à l'interrogatoire de son neveu, on aurait dit un grand avocat d'assises. Elle découvrit sans peine qu'Indy lui avait désobéi la veille.

« Or donc, dit-elle après avoir écouté les explications embrouillées du coupable, tu as décidé de faire l'impasse sur les croûtes, comme tu dis joliment. Si tu étais un de mes élèves, je te mettrais un zéro pointé et douze heures de colle. Dans ton cas, le châtiment sera non moins terrible : tu retourneras au musée, jeune homme — et cette fois, tu ne manqueras pas de tout voir et de me rédiger ensuite un rapport complet. »

Les sourcils de tante Mary étaient plus froncés qu'une culotte de spahi, *scrogneugneu !*

« Et qu'as-tu fait pendant ce temps-là, Henry ? » demanda-t-elle en croisant les bras sur sa poitrine.

Lorsqu'elle sut qu'il avait rôdé du côté d'Union Square, son sang ne fit qu'un tour.

« As-tu vu ces épouvantables désordres dont les journaux de ce matin sont pleins ? » demanda-t-elle.

Le professeur Jones regarda son fils avec des hochements de tête navrés.

« Désordres ? Suffragettes ? s'étonna-t-il. J'espère que tu seras plus prudent à l'avenir, mon fils. »

Le professeur Jones semblait fâché. Indy savait pourquoi. Son père détestait que l'on perturbe son travail.

« Suffragettes ? s'exclama de nouveau le professeur, l'air intrigué. Je croyais que les femmes votaient déjà.

— En Finlande depuis 1908, mais pas dans ce pays », répliqua tante Mary.

Les mains sur les hanches, elle se tourna avec arrogance vers le professeur. La voix, l'attitude : elle avait tout de la suffragette, elle aussi.

« Certes, une douzaine d'Etats autorisent les femmes à voter aux élections municipales. Mais, dans cette glorieuse démocratie, la moitié de la population n'a pas le droit d'élire le président. Les hommes refusent le droit de vote aux criminels, aux psychopathes et aux débiles mentaux. Pourrais-tu m'expliquer pourquoi ils le refusent aussi aux femmes ? »

Cette question embarrassa fort le professeur Jones.

« Pour être franc, Mary, je t'avouerai que je n'en sais rien.

— Oui, et ça ne m'étonne pas de toi, Henry. Pour que tu t'intéresses à quelque chose, il faut que ce soit arrivé au temps des Croisades. »

Tante Mary fut encore plus mécontente lorsqu'elle entendit parler de l'incendie chez Roberto.

« Un feu ! s'exclama-t-elle. Je regretterai toute ma vie de t'avoir autorisé à dormir là-bas. Tu aurais dû être bien sagement dans ton lit, à cette heure-là. »

Indy, les yeux baissés, suivit un dessin du tapis avec le bout du pied.

« Si j'avais été sagement dans mon lit, bougonna-t-il, je n'aurais pas pu sauver mon ami. »

Bien sûr, il s'attendait à se faire chapitrer. Mais il n'imaginait pas que son père s'en chargerait lui-même.

« Tout ceci me navre, fiston », commença le professeur Jones.

Indy tiqua. Qu'on l'appelle « Henry », passait encore ! Mais « fiston », quelle honte !...

« Je ne suis pas du tout satisfait de ta conduite, mais alors là, pas du tout ! reprit le professeur. Je t'accorde une certaine liberté et...

— Une certaine liberté ! Elle est bien bonne ! coupa dédaigneusement tante Mary. Tu fais à peine attention à lui. »

Il n'y a qu'une chose de pire qu'un père qui ne remarque pas assez son fils, pensa Indy. C'est une tante qui remarque trop son neveu. De son côté, le professeur fit comme s'il n'avait pas entendu l'interruption. Il enchaîna :

« A partir de maintenant, je m'attends à ce que tu te comportes de façon plus raisonnable, et je t'ordonne de ne plus créer de soucis à ta tante. Elle a préparé un programme d'études pour toi, suis-le sans discuter, et cesse de m'empêcher de travailler. »

Les yeux du professeur Jones se posèrent sur la douzaine de livres empilés sur le bureau : la moisson rapportée de Yale.

« Que je n'entende plus parler de toi, fiston », conclut-il.

Sur ce, il ramassa un livre et l'ouvrit. Oublié, son galopin de fils. Oublié, le savon qu'il venait de lui passer. La culture reprenait ses droits.

La tante Mary fit signe à Indy de se retirer. Il s'empressa d'obéir. Mais au moment de refermer derrière lui la porte du salon, il perçut quelques mots qui le firent sourire :

« Je ne vois pas ce que tu peux me reprocher, Mary, se lamentait le professeur Jones. J'ai fait ce que tu m'avais dit de faire, non ? »

Indy se préparait un sandwich lorsqu'il entendit le téléphone sonner dans le hall. Une demi-minute plus tard, tante Mary apparut dans l'encadrement de la porte de la cuisine, avec une drôle d'expression sur le visage.

« C'est pour toi. Une jeune fille qui dit s'appeler Lizzie Ravenall. »

Lizzie débordait d'enthousiasme ce matin. Elle voulait savoir comment allait son cher ami Indy et comment s'était passée sa soirée avec Roberto. Mais Indy ne fut pas dupe, et il comprit fort bien que c'était surtout Roberto qui intéressait son amie.

Il raconta l'incendie. A l'autre bout du fil, Lizzie poussait des « oh ! » horrifiés.

« Tu es sûr que quelqu'un a mis le feu exprès ? demanda-t-elle enfin. Je parie qu'on en voulait à Roberto. Il avait raison de dire que c'est dangereux d'être un syndicaliste. »

Indy n'avait pas besoin de la voir pour comprendre qu'elle était toujours autant en adoration devant le beau Sicilien : c'était *là*, dans sa voix. « Elle n'a pas l'air de s'apercevoir qu'être *l'ami* d'un syndicaliste n'est pas de tout repos non plus », pensa-t-il avec dépit. Mais il garda pour lui cette aigre remarque.

« Et toi, Lizzie ? demanda-t-il d'un ton très désinvolte. Pas de problèmes après la manif' ?

— Je me fais du souci pour Minna Frobisher, reconnut Lizzie.

— Qui ?

— Minna, répéta Lizzie. Tu sais, la jolie petite brune qui tenait la banderole avec moi, hier. Nous devions nous retrouver ce matin à la bibliothèque, mais elle n'est pas venue. J'ai envie de passer la voir chez elle. Elle habite en ville dans un superbe hôtel qui appartient à son frère, le fameux milliardaire. Tu, euh, tu ne voudrais pas m'accompagner, par hasard ? »

Lizzie semblait nerveuse. Indy n'en revenait pas. Il se souvenait d'une fille très « garçon manqué », qui disait sans cesse en roulant des épaules : « Si un bonhomme peut le faire, je peux le faire aussi. » Et, ce matin, elle avait besoin qu'on lui tienne la main pour rendre une banale petite visite ? C'était étonnant.

« Tu veux bien qu'on se retrouve devant l'hôtel Plaza sur le coup de midi ? demanda-t-elle. Je t'expliquerai. »

« Maintenant, je sais ce qu'éprouve un vilain petit canard au milieu d'une portée de cygnes », songea Indy en prenant place devant le Plaza. C'était un des endroits ultra-chic de la ville, sur la 5e Avenue, en face de Central Park.

6

Une avalanche de pierres

Un peu plus tard, cet après-midi-là, Indy assista à son deuxième sermon de la journée. Du moins, celui-ci ne lui était-il pas destiné. La scène se passait dans le bureau du doyen de l'université Columbia. Indy était assis entre le professeur Jones et Lizzie.

Le doyen Sayers venait de critiquer longuement ce qu'il avait appelé les « activités extra-scolaires » de Lizzie. Maintenant, c'était au tour du professeur Jones de plaider la cause de la jeune fille. Et il s'en sortait fort bien. Indy qui l'avait supplié d'intervenir, car le dernier espoir de Lizzie, c'était lui.

Le professeur Jones avait été désolé d'apprendre qu'on avait demandé au doyen d'expulser la jeune fille de son université. Pour une foule de raisons : parce qu'il aimait bien Lizzie, qu'elle l'avait charmé lorsqu'il l'avait rencontrée l'année d'avant à Washington, et parce qu'elle était à présent la filleule de son vieil ami le docteur Walton. Du coup, il s'était senti obligé de se porter à son secours. Mais d'un autre côté, il ne voyait pas comment il pouvait le faire sans que ses recherches en pâtissent, et cela l'embêtait bigrement.

Il s'était néanmoins laissé fléchir, et même, en opposant beaucoup moins de résistance qu'Indy ne l'avait craint.

Et voilà comment il s'était retrouvé en train de prononcer un fougueux plaidoyer : Lizzie ceci, Lizzie cela, les « erreurs de jeunesse », les élans « peut-être un peu brouillons » d'une « générosité sympathique », et bla-bla-bli et bla-bla-bla !...

Le doyen Sayers écoutait patiemment.

Seulement, lorsque le professeur essaya de tirer argument du fait que le docteur Zachary Walton était « mondialement reconnu comme une sommité dans son domaine», le doyen l'interrompit d'un geste et rappela que le «domaine» du docteur Walton, c'était la guerre de Sécession, et qu'on parlait ici de problèmes un peu plus «contemporains».

Puis il regarda tout le monde par-dessus ses lunettes.

«Professeur, dit-il alors d'une voix solennelle, si *vous-même* étiez d'accord pour remplir auprès de cette jeune fille le rôle que son tuteur néglige, et exerciez sur elle la salutaire autorité qui lui fait défaut...

— *Moi?*» s'exclama le professeur Jones avec un hoquet d'horreur.

Le doyen hocha la tête.

«En tant que père, vous devez savoir comment on s'y prend pour assagir un esprit exalté.»

A ces mots, Indy faillit bien s'étrangler de rire. Assagir un esprit exalté? Son père? Cette blague! Il passait sa vie le nez dans un manuscrit, et la plupart du temps ne se souvenait même pas qu'il avait un fils.

Bien sûr, le professeur n'allait pas avouer cela au doyen. Il hocha la tête, en signe d'agrément.

« Je comprends, doyen Sayers, dit-il, tout en adressant à Lizzie un regard qui signifiait "Tu vois ce que tu me fais faire ?" Si c'est le seul moyen de vous convaincre de garder Lizzie...

— J'ai aussi besoin que vous me fassiez quelques promesses, mademoiselle Ravenall, rerit le doyen en se tournant vers Lizzie. Vous devez comprendre que je vous garde, comment dire ? à l'essai. Tout nouveau manquement sera puni. Et, par manquement, j'entends tout contact avec des extrémistes, que ce soient des suffragettes ou des agitateurs comme ce *signor* Normanni.

— Je vois. »

Lizzie baissa les yeux.

« Je ne désire rien tant que de rester dans votre merveilleuse institution dispensatrice de science et de sagesse, reprit-elle. Et si c'est le prix à payer, soit, je le payerai. »

Lizzie ressemblait à ce moment-là à une incarnation de la Docilité. Etait-ce vraiment la même fille qui la veille encore assommait les provocateurs à coups de parapluie ? Non, sa reddition était trop rapide pour qu'Indy puisse y croire.

Là-dessus, le doyen Sayers déclara l'entretien clos. Lizzie se leva d'un bond, prête à filer Dieu sait où. Mais le professeur Jones s'attarda à inspecter le contenu de la foisonnante bibliothèque.

«Je vois que vous possédez la collection complète des *Rerum Italicarum Scriptores,* s'extasia-t-il. Cela inclut-il l'*Historia Sicula* de Geoffroy de Malaterra? Je fais en ce moment des recherches sur les royaumes normands et...

— Non seulement cela, répondit fièrement le doyen Sayers. Mais aussi l'*Ystoire de li Normant* par Amatus de Monte Cassino.

— Professeur Jones? intervint doucement Lizzie. Si vous le voulez bien, nous allons vous laisser à votre discussion. Je rentre au dortoir des jeunes filles. Indy va me raccompagner.

— Ah, oui!» répondit machinalement le père d'Indy, qui n'avait sûrement pas écouté.

Aussitôt dehors, Lizzie adressa à Indy un sourire malicieux.

«Je connais un merveilleux lieu de promenade, dit-elle. Tu veux venir avec moi? C'est mon amie Minna qui m'en a parlé.

On en voit beaucoup ces temps-ci : c'est un chantier.

— Un n'importe lequel, ou un en particulier ? demanda Indy, sa méfiance en éveil.

— Celui que je voudrais voir se trouve près de l'hôtel Plaza, expliqua Lizzie en essayant de se donner un air innocent. Ce sera bientôt l'hôtel Frobisher.

— Frobisher ? Comme dans Wilfred Frobisher ? C'est le frère de Minna qui le fait construire ?

— Ouais, ouais... » chantonna Lizzie.

Indy s'arrêta pour réfléchir une seconde.

« Oh non ! reprit-il. Ne me dis pas que c'est là que travaille Roberto ? »

Elle le lui confirma pourtant d'un clin d'œil mutin.

« Je croyais t'avoir entendue promettre de ne plus le revoir ?

— Je n'y vais pas pour le *voir*, j'y vais pour lui *parler*, nuança-t-elle. De toute façon, ajouta-t-elle avec un mouvement de la main qui semblait écarter une idée importune, des promesses qui vous ont été arrachées par la contrainte, on n'est pas obligé de les tenir. »

Indy soupira, mais il suivit quand même Lizzie hors du campus. Avec un rien de mauvaise foi, il se dit que, puisque Lizzie était maintenant sous la responsabilité des Jones, en l'absence du père, le fils se devait bien de la tenir à l'œil.

Après vingt minutes en métro et cinq minutes à pied, ils se retrouvèrent sur la 5e Avenue. A hauteur de la 50e Rue, un grand espace était ceinturé par une palissade de bois. Une kyrielle de wagonnets chargés de pierres d'un blanc brillant s'y engouffraient par l'unique entrée.

« Regarde-moi ça ! s'exclama Indy. Toutes ces pierres ! Frobisher doit être en train de dépenser une fortune pour son hôtel.

— L'architecte ne doit pas être bon marché non plus », remarqua Lizzie.

L'immeuble en construction était déjà plus haut que les dix-neuf étages du Plaza. Et il paraissait vouloir grimper encore.

« Je crois que Frobisher a l'intention d'édifier le premier gratte-ciel qui gratte vraiment le ciel », conclut Lizzie.

Elle se rembrunit lorsqu'elle aperçut les ouvriers qui déchargeaient les wagonnets. Ils se ressemblaient tous, comme les spectres entre eux : tous puissamment charpentés mais maigres, tous en mouvement, mais le visage éteint par la fatigue.

« Dommage qu'il soit aussi avare avec les gens qui exécutent le travail », dit-elle.

Un seul parmi eux paraissait bien nourri : c'était le contremaître. Il hurlait des ordres et des insultes.

« Allez, bande de tire-au-flanc ! criait-il. Je veux voir tout ça là-haut avant de partir, que les maçons puissent commencer à les poser demain matin à la première heure. »

Mais un murmure de protestation se répandit parmi les ouvriers, et le visage du contremaître passa d'un seul coup du rose que confère la bonne santé au rouge que provoque la colère.

« Au boulot, les gars ! hurla-t-il. Plus tôt vous aurez fini, plus tôt vous pourrez rentrer chez vous !

— Il est six heures, répliqua quelqu'un. Nous sommes censés rentrer chez nous *maintenant.* »

Lizzie et Indy tournèrent la tête au son de cette voix familière. Roberto Normanni surgit de derrière un wagonnet, un bloc de pierre sur chaque épaule. Lizzie poussa un soupir pâmé qu'Indy entendit sans avoir à prêter l'oreille. Et il comprit vite pourquoi, sans avoir à se torturer les méninges : en cet instant, Roberto ressemblait à une statue d'Hercule à laquelle un coup de baguette magique aurait donné la vie. Il s'avança vers le contremaître, aussi indifférent à son fardeau que s'il s'était agi de deux oreillers de plumes.

« La journée est finie, dit-il. A moins que vous ne soyez prêt à nous payer une heure supplémentaire, monsieur Dowd ? »

De rouge brique, la figure du contremaître tourna au rouge sang de bœuf.

« C'est moi seul qui décide ce qu'il y a sur vos bulletins de paye, les gars, dit-il. Et vous n'avez qu'à vous en contenter. »

Ce Dowd était tout le contraire d'un nain, mais Roberto le dépassait encore de la tête et des épaules.

« Pas d'argent supplémentaire, pas de travail supplémentaire, répondit Roberto, ses yeux plantés dans ceux du contremaître. C'est aussi simple que ça, monsieur Dowd. »

Les autres ouvriers approuvèrent bruyamment. Dowd était à présent rouge comme une chaudière qui va bientôt exploser. Il ferma ses poings, arma son coup. Ce qui se préparait, c'était ce que sur les rings de boxe on appelle un « direct du droit à la face ». Le K.O. assuré! Mais Roberto, les bras autour des blocs de pierre, ne cilla même pas.

« Monsieur Dowd, vous n'allez pas frapper un pauvre homme sans défense! ironisa-t-il. D'autant plus qu'en tombant, je pourrais lâcher un de ces petits cailloux sur vos pieds. »

Dowd pâlit d'un coup, comme si on l'avait saigné, et il baissa son poing.

« D'accord, grommela-t-il finalement. Une heure de paie pour une heure de boulot. Mais c'est toi, Normanni, ajouta-t-il en regardant méchamment Roberto, qui t'occuperas du monte-charge! »

Cela voulait dire qu'il serait le dernier à partir. Et alors? Roberto s'en moquait. Il haussa les épaules — ce qui n'est pas un mince exploit avec un bloc de pierre posé sur chacune —, et puis il retourna vers le chantier.

Un peu plus tard, Indy remarqua, au sommet de l'immeuble en construction, une énorme poutre qui s'avançait dans le vide. Au bout de la poutre, il y avait une poulie, d'où pendait un gros câble en acier. A un bout, le gros câble se séparait en quatre petits, reliés aux quatre coins d'un plateau de métal. L'autre bout s'enroulait autour d'un treuil mécanique. Roberto se tenait juste à côté. Les autres ouvriers, un peu à l'écart, formant la chaîne, se passaient les blocs de pierre de main en main — jusqu'à Roberto, qui les empilait sur le plateau.

Lorsqu'il y en eut assez, Roberto mit en marche le moteur du treuil. Le rudimentaire ascenseur s'éleva. Dowd désigna trois hommes pour grimper au sommet de l'immeuble et s'occuper du déchargement.

Au même moment, Lizzie, levant la tête, aperçut quelque chose qui l'horrifia. Indy regarda dans la même direction qu'elle, et ce qu'il vit l'horrifia aussi. Là-haut, près de la poulie, des ombres se mouvaient, arc-boutées contre une pyramide de grosses pierres blanches. La pyramide pencha. Des pierres glissèrent dans le vide, presque paresseusement au début, puis elles prirent de la vitesse et s'élancèrent vers le sol en sifflant. L'une rencontra la plate-forme qui montait. Le câble rendit un son de corde de guitare qu'on pince, en mille fois plus fort — une sorte de couinement féroce, qui résonna à tous les échos. La plate-forme vacilla. Les blocs de pierres qu'elle transportait se répandirent en pluie dans l'espace.

Et, en plein sous cette pluie, il y avait Roberto Normanni !

7
La croix de rubis

Le premier bloc de pierre n'avait pas encore touché le sol que Lizzie et Indy s'étaient déjà précipités. Ils essayèrent de pénétrer dans le chantier, mais la seule trouée dans la palissade était obstruée par des ouvriers qui se ruaient dans l'autre sens.

La pluie de pierres s'abattit enfin avec un bruit de tremblement de terre. Et puis il y eut un *boum!* fracassant : le moteur du treuil venait d'exploser.

« Il est mort, hurla Lizzie en jouant des coudes pour pénétrer sur le chantier. Roberto est mort ! »

Hagarde, échevelée, c'était la vivante incarnation de la Douleur.

« Il s'en est peut-être tiré ! » dit Indiana, la gorge nouée.

Mais une nuance de doute se glissa malgré lui dans ses paroles.

De l'autre côté de la palissade, c'était l'apocalypse. Un nuage de poussière masquait le pied du building. De la vapeur et des flammes s'échappant du moteur ajoutaient au chaos.

Alors, de la brume blanchâtre, émergea une silhouette. Elle semblait faite de farine. Pendant une seconde, Indy se demanda si ce n'était pas un fantôme. Et puis il s'aperçut que c'était Roberto Normanni, sain et sauf, mais sans chemise, hormis des lambeaux d'étoffes qui flottaient autour de son torse comme les guenilles d'un épouvantail. Son visage était couvert de poussière gris-blanc, sauf par endroits : là, il était rouge de colère...

Roberto ne remarqua même pas la présence de Lizzie et d'Indy. Il criait :

« Dowd ! Où es-tu, espèce d'assassin ? »

Le contremaître était de l'autre côté de la palissade et hurlait des ordres à tue-tête.

« Vite ! Des seaux d'eau ! Il y a le feu ! »

Sitôt qu'il le vit, Roberto fonça droit sur lui. Il le saisit par le cou et le serra.

« Ainsi, tu voulais m'écraser, *moi* ! Tu voulais faire plaisir à M. Frobisher en le débarrassant de moi ?

— Roberto, non ! cria Indy, qui voyait bien qu'on allait à un meurtre. Lâche-le, mais lâche-le donc ! Tu vas le tuer ! »

Il tira de toutes ses forces sur un des bras de Roberto — sans parvenir à le faire bouger d'un centimètre.

Alors, il appela à l'aide les ouvriers qui, paralysés par la stupeur, regardaient sans rien faire. Il en fallut quatre — deux par bras ! — pour contraindre Roberto à desserrer l'étau de ses mains. Le contremaître commençait déjà à bleuir.

« Roberto, écoute-moi ! hurla Indy dans l'oreille du fou furieux. Dowd ne peut pas être derrière ce coup-là. Il t'a mis près du monte-charge pour te punir de lui avoir tenu tête. Mais ce qui s'est passé alors, il ne pouvait pas le prévoir... C'est un concours de circonstances. Tu t'es trouvé là par hasard quand...

— ...Quand quelqu'un a fait délibérément tomber toutes ces pierres sur moi, acheva Roberto. J'ai eu de la chance de les voir arriver. »

Un bon point : il s'était remis à raisonner.

« D'accord, reprit-il. Admettons que ce ne soit pas Dowd qui ait essayé de me tuer. Alors, c'est quelqu'un d'autre. Et comme ce type n'a pas réussi hier à me réduire en cendres, il a tenté aujourd'hui de me réduire en bouillie. A mon avis, continua-t-il, l'air farouche, M. Frobisher a décidé qu'il m'avait assez vu.

— Tu penses que c'est Wilfred Frobisher qui a mis le feu hier soir ? demanda Lizzie.

— Je ne vois personne d'autre. »

Roberto retourna sur le chantier pour évaluer les dégâts. Lizzie et Indy le suivirent. Le nuage de poussière était retombé. A présent, on discernait nettement la plate-forme tordue comme un torchon essoré, le moteur aplati comme une crêpe. Les blocs tombés du ciel étaient tous fêlés, ou fendus, ou pulvérisés.

« L'alerte a été chaude », murmura Lizzie.

Si chaude, qu'elle en tremblait encore ! Roberto lui répondit par un sourire placide qui voulait dire : « Bah! ce sont les risques du métier. » Puis, comme si c'était tout à coup lui le contremaître, il se tourna vers les ouvriers et dit d'une voix pleine d'autorité :

« Ça suffit comme ça pour aujourd'hui, les gars. Nous nettoierons tout ça demain. Vous pouvez rentrer chez vous. Et moi, je vais en faire autant. »

Ils filèrent tous sans se le faire dire deux fois, et Dowd ne songea même pas à broncher.

« Où habites-tu, demanda Indy, maintenant que ta maison a brûlé ?

— Chez des amis. L'entraide, entre pauvres gens, c'est sacré. Quiconque a un endroit où poser une paillasse le met à la disposition de celui qui n'a nulle part où reposer sa tête. C'est une tradition entre immigrants italiens. Et tous les sinistrés d'hier soir sont déjà relogés.

— As-tu réussi à sauver quelque chose ? demanda Lizzie. Tes vêtements, tes meubles, que sais-je ?

— Je suis arrivé en Amérique avec la chemise que j'avais sur le dos, ma faim au ventre et mon courage au cœur. Aujourd'hui, je n'ai plus la chemise, mais j'ai encore le reste : avec ça, on peut recommencer n'importe où. »

C'était une belle tirade, et les yeux de Lizzie n'étaient pas assez grands pour contenir toute l'admiration qu'elle lui inspirait. Indy aurait peut-être pu lui reprocher l'ingratitude avec laquelle elle le traitait, mais comme il admirait Roberto presque autant qu'elle, l'idée ne lui vint même pas à l'esprit.

« Tout ce qu'il me faut, reprit Roberto, c'est un endroit où dormir. Et je ne suis pas difficile, allez ! Un tailleur de pierres, c'est si fatigué, le soir venu, que ça dort mieux à même le sol qu'un fainéant dans un lit de plumes. Mais, continua-t-il en fronçant les sourcils, il y a quand même quelque chose que j'aimerais récupérer chez moi.

— Quoi donc ? » demanda Lizzie.

Roberto hésita un instant, puis il parut prendre une décision.

« Venez ! Je vais vous montrer de quoi il s'agit. J'ai besoin de votre avis. Vous pourriez peut-être m'aider. »

Et il les entraîna à sa suite dans Greenwich Village. Les rues étaient aussi encombrées que la veille de charrettes à bras, de badauds et de gosses jouant à la marelle ou à saute-mouton.

Le quartier n'avait pas changé, sauf une carcasse noircie, dans Thompson Street, à l'endroit où se trouvait, la veille encore, un immeuble en briques rouges un peu moins décati que ses voisins.

Indy regarda l'escalier d'incendie : ce n'était plus qu'un serpentin de ferraille tordue par la chaleur du brasier.

« Je ne m'y fierais pas », dit-il.

Lizzie jeta un coup d'œil dans l'entrée et fit une moue éloquente : l'escalier, au moins jusqu'au troisième étage, n'était plus que cendres.

« Comment allons-nous monter ? » demanda-t-elle à Roberto en le regardant comme s'il avait réponse à tout.

Le croiriez-vous ? Roberto avait *vraiment* réponse à tout !

« Nous allons sauter du toit de l'immeuble voisin », dit-il avec flegme.

Sitôt dit, sitôt fait. Arrivé en haut, Roberto sauta le premier d'un toit sur l'autre, puis il aida Lizzie à en faire autant. Il fallait la voir, suspendue au bout de ses bras puissants : elle rayonnait! Indy pensa avec un petit pincement au cœur qu'elle ne se serait jamais abandonnée avec autant de confiance, si c'était lui qui l'avait tenue au-dessus du vide. En quoi elle aurait eu raison : du haut de ses quatorze ans, Indy n'avait rien d'un athlète... Dans l'immeuble en ruine, les derniers étages de l'escalier étaient intacts. Redescendre jusqu'à l'appartement des Catania fut l'affaire d'une minute.

A l'intérieur, tout était couvert de suie. Une forte odeur de fumée et de roussi flottait dans l'air. Mais, bien que la porte de l'appartement ait été léchée par les flammes, le feu n'avait pas pénétré.

« Il y faudra beaucoup de savon et beaucoup d'huile de coude, remarqua Lizzie, mais du moins tu n'as pas tout perdu.

— Il n'y a rien ici qui vaille cette peine, répondit Roberto avec un haussement d'épaules. Rien, sauf *ceci*! »

Accroupi près de la fenêtre du salon, il

souleva une latte du parquet, passa la main en dessous et tira de sa cachette un objet de métal jaune en forme de croix, avec quelque chose de rouge en son centre.

« C'est *La Croce di Ruggiero,* annonça-t-il, plein de révérence dans la voix. Elle est dans ma famille depuis... depuis presque toujours. »

Il leva la croix dans la lumière. Elle était haute d'environ trente centimètres, d'une facture primitive. L'axe, plutôt massif, devait être en fer, mais ses branches paraissaient en or. Et surtout, il y avait cette pierre rouge, grosse comme la dernière phalange du pouce d'Indy, qui scintillait au milieu.

D'abord, Indy l'avait prise pour du verre. Mais on n'avait jamais vu un cabochon de verre brillant d'un pareil éclat. Il ne pouvait donc s'agir que d'un rubis. Ce qui donnait à la croix une valeur inestimable. Et, si son instinct d'archéologue en herbe ne le trompait pas, cet objet avait une importance historique considérable...

« La croix de rubis! Nous nous la sommes transmise de père en fils depuis des siècles et des siècles, expliqua Roberto. Mais je, euh, je suis le dernier Normanni. Par conséquent, lorsque j'ai émigré aux Etats-Unis, elle m'y a suivi.

— Tu n'as jamais eu peur qu'on te la vole ? » demanda Lizzie.

Roberto fit non de la tête.

« Personne ne l'a jamais trouvée. Elle était bien cachée dans mon balluchon. Elle se démonte, tu vois... »

Il fit jouer avec son ongle un cliquet presque invisible juste au-dessous du rubis. La croix se sépara en deux : d'un côté, la moitié de l'axe ; de l'autre, la seconde moitié de l'axe et les deux bras plus fins, qui formaient une espèce de « T ».

Indy y regarda de plus près.

« Je me demande pourquoi ça se démonte de cette façon, dit-il.

— Sans doute pour qu'on puisse la cacher plus facilement, expliqua Roberto. Puisque le destin de cette croix est, semble-t-il, de vivre cachée... D'ailleurs, c'est la première chose que j'ai faite en arrivant ici : lui trouver un endroit sûr où elle serait à l'abri des regards. Mon père répétait toujours qu'il fallait veiller sur la croix de rubis. C'était son obsession. Et il m'en a farci la tête depuis que je suis tout petit. Son propre père en avait fait de même avec lui. Et aussi loin que remonte notre famille, il en fut toujours ainsi. »

Roberto referma la croix. La pièce séparée reprit sa place avec un *clic!* de mécanique bien ajustée.

« Ni mon oncle ni mon cousin Silvio n'ont jamais entendu parler de cette croix, reprit Roberto en posant sur ses deux compagnons un regard lourd de signification. Vous êtes les premiers étrangers à la voir. Parce que je vais avoir besoin de votre aide. Il faut lui trouver une nouvelle cachette et vous connaissez l'Amérique mieux que moi. Dites-moi, où pourrais-je la mettre, pour qu'elle ne risque *absolument* rien ? »

Roberto se mordit les lèvres nerveusement, l'air accablé par une trop lourde tâche — ce qui était étonnant pour un homme de sa vigueur.

« Car, franchement, acheva-t-il d'une voix que l'angoisse rendait méconnaissable, je ne sais pas ce qui se passerait si je la perdais.

— Eh ben, mon gars, tu vas pas tarder à l'savoir ! lui répondit une grosse voix éraillée. Si elle est aussi fameuse que tu l'dis, c'te croix, ben moi, j'connais un particulier qui m'en donnera un bon prix — car il aime les belles choses, c't homme-là ! »

8

En un combat douteux (bis)

Lizzie, Indy et Roberto firent volte-face. Dans l'encadrement de la porte du salon se tenait une espèce de colosse. Sa figure était rondouillarde, blafarde et constellée de cicatrices de petite vérole. Etant donné la forme, le teint et les cratères de ce faciès peu engageant, Indy le rebaptisa sans une hésitation Face-de-lune.

Derrière lui apparurent deux brutes d'un autre genre : visage en lame de couteau, nez broyés de boxeurs, oreilles chiffonnées, cou de taureau, biceps gros comme des cuisses — des jumeaux, sans doute. En tout cas, ils se ressemblaient comme un gorille sans poil à un autre gorille sans poil. « Comme quoi, il arrive même à dame Nature de faire deux fois la même erreur ! » pensa Indy. Pour simplifier, il les surnomma Catastrophe-numéro-un et Catastrophe-numéro-deux.

« Comment, euh, comment êtes-vous arrivés jusqu'ici ? demanda Lizzie d'une voix tremblante.

— Comme toi, mignonne, répondit Face-de-lune avec un sourire méchant qui dévoila ses dents de cheval, d'une nuance de jaune-vert peu commune pour l'émail. D'un toit à l'autre et *hop ! là !* jusqu'ici par l'escalier. T'as l'air surprise, ma petite poule ?

— Vous nous suiviez ? s'enquit Indy.

— Il y a plus important : que nous voulez-vous ? demanda Roberto en serrant bien fort la croix contre son ventre.

— C'est toi que nous voulons, Roberto Normanni, répondit Face-de-lune. Nous sommes allés te voir au chantier, mais nous t'avons raté.

— Raté ? répéta Indy. Comme dans "rater un rendez-vous", ou comme dans "rater une cible" ? »

Face-de-lune négligea de répondre. Ces nuances ne l'intéressaient guère. Lui et ses deux amis — leurs gigantesques poings fermés, leurs rébarbatives figures plus cruelles que jamais — chargèrent.

Roberto passa la croix dans la ceinture de son pantalon et se mit en garde. Indy prit position à côté de son ami. Lizzie s'écarta et fila se cacher derrière un lit en poussant des petits couinements de souris apeurée.

Les truands négligèrent de s'occuper d'elle. Résolus et tranquilles, ils foncèrent droit sur Roberto et Indy : n'avaient-ils pas pour eux l'avantage du nombre et du gabarit ? Mal leur en prit ! Lorsqu'ils l'eurent dépassée, Lizzie s'empara du couvre-lit et le leur jeta sur la tête.

D'un seul élan, Roberto et Indy contre-attaquèrent. Ils se mirent à cogner au petit bonheur à travers le tissu. Aveuglés, entravés, les trois voyous ne pouvaient qu'encaisser les coups, geindre de douleur et s'écrouler.

« Plus c'est gros..., commença Indy.

— Plus ça fait de bruit en tombant », acheva Roberto.

Face-de-lune fut le premier à resurgir de dessous le couvre-lit. Il assena à Indy un crochet du droit à la tempe. Le jeune

héros s'écroula et resta quelques secondes par terre, groggy, sans rien faire d'autre que de compter trente-six chandelles. Puis Catastrophe-numéro-deux lui tomba dessus. Indy eut un sursaut de défense. Tous les deux, lui et le sale type, roulèrent, comme dans une empoignade de gosses. Au bout de quelques secondes, Catastrophe-numéro-deux avait le dessus... plus une main solidement agrippée aux cheveux d'Indy.

Heureusement, Lizzie vint à son secours. Elle planta dans les côtes du truand un grand coup de la pointe de sa bottine. L'autre se redressa, hurla, desserra un instant son étreinte. Indy profita de l'aubaine pour se libérer.

Il regarda en direction de Roberto. De ce côté-là, tout allait bien : Roberto avait assommé Catastrophe-numéro-un et lançait à Face-de-lune des coups de poing qui auraient été mortels si l'autre ne les avait constamment esquivés. Il jeta un nouveau coup d'œil une seconde plus tard, mais l'espoir avait changé de camp : à présent, Catastrophe-numéro-un s'était réveillé. Il tenait Roberto par les bras, tandis que

Face-de-lune lui labourait le ventre à coups de poing.

Catastrophe-numéro-deux gifla Lizzie du revers de la main. Elle tomba sans un cri. Fou de rage, Indy sauta sur le dos du type et le fit tomber. Mais l'autre était pire qu'une bête, bondissant comme un cheval de rodéo et ruant comme une mule.

Indy fut projeté contre un mur, la tête la première, et s'assomma à moitié. Il essaya vainement de se relever. Roberto aussi était au sol. Face-de-lune et Catastrophe-numéro-un le bourraient allégrement de coups de pied. Lizzie, quant à elle, cuvait son K.O. en travers du lit.

Les choses allaient mal!

« Hé! vous autres! cria alors quelqu'un. Vous voulez un coup de main? »

C'était Silvio, qui venait d'apparaître dans l'embrasure de la porte. Sur le toit et dans l'escalier, on entendait une cavalcade. Les renforts arrivaient au pas de course.

Face-de-lune rappela ses acolytes.

« Allez, les gars, on se tire! »

Et les malfrats sautèrent par la fenêtre du salon sur l'escalier d'incendie — ou plutôt ce qu'il en restait. Ni Roberto ni Indy n'étaient de taille à les empêcher de fuir.

Un groupe nombreux de jeunes Italiens traversa la pièce et en ressortit par la fenêtre, dans le sillage des fuyards. Silvio s'agenouilla auprès de son cousin.

« Roberto, ça va ? demanda-t-il. Nous t'avons vu entrer ici avec tes amis. Et puis nous avons aperçu les autres types qui vous suivaient. Alors nous sommes venus voir ce qui se passait.

— Tu as bien fait, Silvio, répondit Roberto d'une voix éteinte en grimaçant de douleur. Nous ne te remercierons jamais assez. »

Silvio hocha la tête en contemplant le piteux tableau sous ses yeux : Lizzie revenait à elle en tremblant ; Indy ne tenait debout qu'appuyé contre le mur ; Roberto, assis par terre, ne pouvait faire un geste sans grimacer de souffrance, et une méchante ecchymose sur la joue détruisait l'harmonie de son visage.

« Si j'étais venu plus tôt, ça n'en aurait été que mieux », soupira Silvio.

Roberto jeta un coup d'œil autour de lui.

« Où sont les types qui nous ont attaqués ? demanda-t-il.

— Ne t'en fais pas, ils n'iront pas loin, le rassura son cousin. L'escalier d'incendie est hors d'usage et nos amis sont sur leurs talons. »

Au même moment, on entendit un tohu-bohu de sonorités métalliques, le bruit sourd d'une chute, et la voix de Face-de-lune s'éleva :

« Allez-y, bande de trouillards ! J'ai sauté et je ne me suis pas fait mal. »

Indy se décolla de son mur et courut à la fenêtre.

« Ils s'échappent ! cria-t-il. Ils sautent du deuxième étage ! »

Silvio le rejoignit.

« Les fils de chien, murmura-t-il entre ses dents. Ils sont déjà presque au carrefour. Vite, les gars, hurla-t-il à ses amis, poursuivez-les ! Il ne faut pas qu'ils s'échappent. »

Mais Face-de-lune et ses acolytes tournèrent au coin de la première ruelle qui se présenta. Le temps que leurs poursuivants y parviennent, ils avaient déjà disparu dans le dédale du quartier.

« Au fond, bon débarras, soupira Indy. Ces types nous auraient tués. »

En se traînant plus qu'en marchant, Roberto alla s'asseoir sur le rebord du lit. Encore étourdi par le passage à tabac qu'il venait de subir, il se tenait la tête dans les mains.

« Roberto, ça va ? » demanda Lizzie.

Et, une fois de plus, Indy fut bien obligé de constater qu'elle éprouvait pour Roberto autre chose qu'une simple amitié. Il poussa un soupir résigné.

« Qui étaient ces types, Roberto ? s'enquit Silvio. Les as-tu déjà vus quelque part ? Ce sont peut-être eux qui ont mis le feu. Mais ne te fais pas de souci, ajouta-t-il en marchant vers la sortie. J'ai eu le temps de les photographier. Leur portrait est gravé là. »

Il se tapota le front.

« Mes amis et moi, nous finirons bien par les retrouver, acheva-t-il, même s'il faut pour cela passer toute la ville au peigne fin.

— Moi, j'aimerais surtout savoir d'où ils sortent, dit Lizzie.

— Pas besoin d'être grand clerc pour deviner qui les a envoyés, remarqua Indy avec une moue attristée. C'est quelqu'un qui déteste Roberto, qui ne veut plus le voir, qui serait trop heureux de lui voler ce qu'il a... J'ai l'impression, reprit-il en se tournant vers le jeune Sicilien, que ton patron a sorti le grand jeu.

— Wilfred Frobisher... » murmura Lizzie, toute pâle.

Leur conversation fut interrompue par un cri horrifié. Ils se retournèrent vers Roberto, qui se palpait comme lorsqu'on craint d'avoir perdu quelque chose.

« Roberto, que se passe-t-il ? demanda Lizzie en le voyant pâle comme un linge.

— Je ne l'ai plus, répondit Roberto d'une voix sans timbre. C'est arrivé pendant la bagarre, je n'ai rien senti... »

Il commença fiévreusement à chercher par terre.

« Qu'est-ce que tu n'as plus ? demanda Lizzie.

— La croix, la croix de rubis », expliqua Indy, qui s'était lui aussi mis à inspecter le sol.

Lizzie fit comme les deux garçons. Mais après quelques minutes, il fallut se rendre à l'évidence : la croix n'était nulle part, ni à découvert, ni dans un recoin, ni sous un meuble.

« Alors, c'est eux qui l'ont volée, soupira Roberto, la mort dans l'âme.

— Tu veux dire les trois truands ? s'étonna Lizzie.

— Evidemment, intervint Indy. La bagarre a été si féroce que, dans la confusion, ils auraient pu emporter l'armoire sans que personne ne s'aperçoive de rien. »

A tout hasard, il continua encore un peu les recherches, mais, dans aucun des endroits reculés où elle aurait pu se nicher, il n'y avait trace de la précieuse croix.

Lizzie contemplait Roberto avec des yeux compatissants. Mais, à bien y regarder, encore plus étonnés que compatissants. Elle n'arrivait pas à comprendre que son héros, jusqu'alors sans peur et sans reproche, puisse apparaître comme brisé par la perte d'un simple bijou, par ailleurs ni très frais ni très fin : somme toute une vieillerie.

« Il ne s'agit pas que d'une pieuse relique, expliqua Roberto, dont le visage avait tourné au gris cendré. C'est, euh, c'est pour ainsi dire l'âme de notre famille. Il y a une malédiction attachée à la croix de rubis.

— Une malédiction ? répéta Indy.

— Quiconque la vole meurt », expliqua Roberto sans emphase.

Lizzie essaya de détendre l'atmosphère à sa façon primesautière.

« Eh bien, ça servira de leçon au voleur ! » hasarda-t-elle plaisamment.

Mais elle n'obtint même pas un quart de sourire.

« Ce n'est pas tout, reprit Roberto. La malédiction ne touche pas que le voleur. Elle concerne aussi le membre de notre famille qui se la laisse voler.

— Que lui arrive-t-il ? demanda Lizzie, toujours aussi peu sérieuse. Il lui pousse des oreilles d'âne ?

— Celui qui se laisse voler la croix meurt aussi, répondit Roberto d'une voix désespérée. Quoi qu'il fasse, il meurt. »

9
Le petit télégraphiste

« Tu ne parles pas sérieusement! s'exclama Lizzie. Roberto, enfin! Tu ne vas pas me dire que *toi*, tu crois aux mauvais sorts, malédictions et autres sornettes de la même farine! Roberto? »

Indy ne comprit pas pourquoi Lizzie se donnait la peine de poser cette question, alors que les yeux hagards du jeune Sicilien, son teint livide, l'angoisse peinte sur son visage parlaient d'eux-mêmes.

« Ne plaisante pas avec cela, Lizzie, intervint Indy. J'ai eu l'occasion de voir bien des choses bizarroïdes et étrangiformes dans ma vie. Assez pour me faire passer l'envie de rigoler des malédictions, fussent-elles très anciennes. »

Il se tourna vers Roberto.

« Nous la récupérerons, affirma-t-il d'un ton péremptoire. Par n'importe quel moyen, mais je te jure que nous la récupérerons.

— Si seulement nous avions la certitude que c'est Wilfred Frobisher qui l'a, repartit Lizzie. Dommage que nous ne puissions pas nous introduire dans son hôtel particulier pour voir ce qui s'y trame.

— Mais nous avons un espion dans cette maison ! » s'exclama Indy.

Et comme Lizzie lui lançait un regard surpris, il précisa avec un sourire malicieux :

« Minna Frobisher. C'est bien là qu'elle habite, non ? Et c'est ton amie, si j'ai bonne mémoire ?

— Mais oui ! Où avais-je la tête ? » s'exclama Lizzie en riant.

Il y eut un long silence au bout duquel Roberto suggéra :

« Je pourrais lui écrire un message. Mais je ne vois pas le moyen de le lui faire parvenir. »

Après quoi il y eut un autre long silence, rompu cette fois par Indy.

« Je le vois, moi, le moyen, dit-il. Ecris-le donc, ton message ! »

Le même jour, sur les neuf heures du soir, alors que les réverbères faisaient trembler l'ombre des arbres de Central Park, un cycliste en uniforme bleu franchit la grille de l'hôtel particulier des Frobisher. Il avait un bon coup de pédale et sifflotait gaiement. Arrivé près du perron, il descendit de son vélo d'un bond alerte, puis, après avoir fait reluire ses boutons dorés et rabattu sur ses yeux la visière de sa casquette, Indy — car c'était lui ! — monta les marches et tira le cordon de la sonnette.

Une femme de chambre vint ouvrir. Elle était toute jeunette et ravissante. Des mèches rousses s'échappaient de son bonnet empesé. Ses yeux verts, en découvrant l'étrange télégraphiste sur le perron, prirent un air soupçonneux.

« Western Union ! annonça Indy avec aplomb. Télégramme pour Mlle Minna Frobisher. »

La petite soubrette le regarda sous le nez.

« Pour sûr ! Et moi, je suis la reine d'Angleterre, murmura-t-elle, goguenarde. »

Sur ce, alors qu'Indy croyait son stratagème éventé et se voyait déjà perdu, elle ajouta :

« Bougez pas d'ici ! J'vais chercher ma maîtresse. »

Indy attendit dans le hall d'entrée, plus grand à lui tout seul que l'appartement de tante Mary, et décoré avec une surabondance de meubles chers sans lien entre eux.

Dans un coin, à côté d'une horloge bourguignonne, Indy aperçut deux armures. Et il plaignit du fond de son cœur ceux qui étaient chargés de faire la poussière ici.

Son uniforme de grosse laine le gênait aux entournures. Il lui avait fallu du temps pour trouver un vrai télégraphiste à peu près de la même taille que lui, un gamin obligeant qui, non seulement avait accepté de lui prêter son uniforme, mais lui avait aussi donné un authentique bloc de télégrammes de la Western Union, par-dessus le marché.

Si bien que le faux télégramme qu'Indy tenait à la main ressemblait à un vrai comme un frère ; on pouvait l'intercepter sans dommage, car il informait Minna de la prochaine venue en ville d'une amie qui n'avait jamais existé. Quant au *vrai* message, Indy le tenait en réserve dans sa poche.

Roberto l'avait écrit en italien. Ce qui n'avait pas manqué d'inquiéter Lizzie.

« Je sais que Minna a étudié l'italien au collège, avait-elle dit. Mais es-tu sûr qu'elle comprendra tout ?

— Elle comprendra », avait assuré Roberto avec un sourire entendu.

Maintenant, Indy était à pied d'œuvre.

Soudain, Wilfred Frobisher déboucha dans le hall. Indy aurait bien eu envie de disparaître sous le tapis, mais comme c'était impossible, il se contenta de se cacher derrière la visière de sa casquette en espérant que cela suffirait.

« Maintenant, je sais ce que ressent le nez au milieu de la figure », pensa-t-il.

Finalement, il s'était fait du souci pour rien : Frobisher passa à côté de lui sans un regard, puis il entra dans son bureau en marmonnant : « Ce doit être l'offre de Rockefeller », comme s'il se parlait à lui-même, — mais assez fort malgré tout pour qu'Indy ait entendu.

Sans prendre la peine de refermer la porte derrière lui, Wilfred Frobisher marcha droit vers un fauteuil, s'y laissa tomber, se frotta les mains d'un air de triomphe et décrocha le téléphone.

« Allô, le central ? Donnez-moi Murray Hill 3467. »

Indy se rapprocha de la porte et hasarda un œil à l'intérieur. La pièce qui servait de bureau à l'implacable milliardaire ressemblait à un temple par les colonnes de marbre rose qui l'encadraient, à la salle à manger d'un château fort par les tapisseries, au salon d'un prince arabe par les tapis, à un musée d'art moderne par les statues : bref, elle ne ressemblait à rien.

Avant que Frobisher ait eu vraiment le temps de s'impatienter, quelqu'un répondit à l'autre bout du fil.

« Allô ? C'est vous ? C'est moi... Ecoutez, c'est incroyable, cher ami, commença-t-il aussitôt. Figurez-vous que je viens de mettre la main sur une merveille, un vrai trésor miraculeusement resurgi du Moyen Age ! Si, si, je vous assure... Cette croix va me permettre de faire mon entrée dans les plus hautes sphères de la société. Je vais pouvoir devenir membre des clubs les plus “sélects” du pays. Les *très* grosses légumes — j'entends : Rockefeller, Astor — m'ont déjà fait des offres. Ils vont être obligés de me considérer comme l'un des leurs, à présent ! »

Indy, qui n'avait pas perdu une miette de cette tirade révélatrice, était aux anges.

Survint alors Minna Frobisher, qui s'aventura dans le hall en jetant autour d'elle des regards craintifs de perdrix le jour de l'ouverture de la chasse. L'entendant arriver, Indy reprit aussitôt sa place près des armures, juste à temps pour ne pas être surpris en train d'écouter aux portes.

« On vient de m'informer que vous avez un message pour moi, lui dit Minna.

— Oui, ma'ame », répondit Indy en lui remettant le télégramme à l'aspect véridique et au contenu innocent.

Minna s'en saisit.

« Tenez ! Voici un petit quelque chose pour vous, reprit-elle en lui tendant un pourboire.

— Et voici un *gros* quelque chose pour vous », repartit Indy en sortant de sa poche le message de Roberto.

Minna parut reconnaître l'écriture et ouvrit de grands yeux surpris.

Mais avant qu'elle n'ait eu le temps de réagir, une sorte d'aboiement retentit au fond du hall :

« Hé, là-bas ! »

C'était Marchbanks, le majordome. D'une démarche de tyrannosaure qui charge, il s'avança vers Indy.

« Qu'est-ce que c'est que ce message ? donnez-le-moi !... » ordonna-t-il.

C'est alors qu'il remarqua Minna.

« Ma'ame, lui dit-il sur un ton de reproche courtois, vous savez très bien que votre frère défend... »

Le sinistre majordome s'interrompit encore, et dévisagea Indy.

« Bon, tu as fait ton travail, alors, du vent ! »

Indy toussota sans bouger d'un pouce. Marchbanks le toisait méchamment sous d'épais sourcils froncés.

« Tu comprends ce que je te dis ? Ronald ! William ! enchaîna-t-il avec une voix de stentor, en se retournant vers la porte par laquelle il était lui-même arrivé. Venez ici, vous autres!»

Deux valets de pied apparurent sans délai. Ces deux-là aussi, on avait dû les recruter pour leur carrure plutôt que pour leurs bonnes manières.

«Flanquez-moi *ça* dehors», leur ordonna Marchbanks en désignant Indy d'un dédaigneux mouvement de menton.

Aussitôt, ils empoignèrent le garçon, qui protesta pour la forme.

«Attention à mon uniforme, leur recommanda-t-il. Il n'est pas à moi et...»

Avant d'être poussé vers la sortie, Indy eut encore le temps d'apercevoir Minna Frobisher, qui s'enfuyait vers sa chambre à toutes jambes sans être inquiétée. Du moins le message de Roberto avait-il été remis en mains propres. Cela, plus la conversation qu'il avait surprise au téléphone : Indy se dit que la moisson de ce soir avait été bonne et qu'elle valait bien quelques faux plis à sa veste.

Les valets de pied lui faisaient subir ce qui s'appelle la «course à l'échalote», sans faiblesse, mais sans méchanceté gratuite.

Si bien que lorsqu'il se retrouva dehors, à plat dos dans les graviers, honnêtement, il n'avait pas à se plaindre. Sauf à l'amour-propre, il n'était blessé nulle part. Il ne manquait même pas un bouton à son uniforme...

Il se releva, enfourcha sa bicyclette et rejoignit Lizzie et Roberto qui l'attendaient à trois ou quatre pâtés de maisons de là.

« Alors, comment ça s'est passé ? demandèrent-ils anxieusement.

— Au total, j'ai eu de la chance. C'est la femme de chambre de Minna qui est venue m'ouvrir. Elle est allée chercher Minna, à qui j'ai remis le télégramme... et le message secret ! »

Lizzie hocha la tête.

« Cette Nora est vraiment une chic fille, dit-elle pensivement. Donc, reprit-elle en relevant les yeux vers Indy, Minna a notre message. »

Indy acquiesça d'un signe de tête.

« J'ai aussi vu Wilfred Frobisher. Selon moi, il a cru que je lui apportais une enchère de Rockefeller.

— Une enchère ? s'étonna Lizzie. Que vend-il ? »

Indy se tourna vers Roberto.

« La croix, d'après ce que j'ai compris. Frobisher était au téléphone, et il racontait qu'il était en possession d'un véritable trésor... "miraculeusement resurgi du Moyen Age", selon ses propres termes. Selon moi, il ne peut s'agir que de ta croix. Je n'imagine pas deux véritables trésors resurgissant miraculeusement du Moyen Age la même semaine ! Je sais aussi que Rockefeller est un collectionneur enragé, avec une préférence pour les joyaux médiévaux. Souvent, il a demandé conseil à mon père avant de faire de nouvelles acquisitions.

— Ainsi donc, non seulement tu as réussi à remettre le message à Minna, mais encore, tu as découvert que, sans l'ombre d'un doute, c'est Wilfred Frobisher qui a la croix ? s'exclama Lizzie sur un ton d'étonnement admiratif. Indy, tu es un champion ! »

Roberto ne se réjouit pas comme Lizzie. Avec un grognement d'animal blessé, il s'assit sur le trottoir, les pieds dans le caniveau. Lizzie lui posa sur l'épaule une main timide qui se voulait consolatrice.

« Ne t'en fais pas, Roberto, chuchota-t-elle tout près de son oreille en se penchant maternellement vers lui. Maintenant que nous savons qui a la croix, nous pouvons...

— Nous pouvons quoi ? laissa tomber Roberto d'une voix caverneuse. Aller voir la police ? Wilfred Frobisher est riche, la moitié des policiers de cette ville est dans sa poche, et l'autre moitié en a peur. Crois-tu vraiment qu'ils vont l'arrêter sur la parole d'un pauvre type comme moi ? »

Lizzie s'entêta :

« Mais nous savons qu'il a la croix et... »

Roberto l'interrompit d'une voix lasse.

« Indy a toutes les raisons de *penser* qu'il l'a, nuance ! Sans preuve, personne ne nous écoutera.

— Dans ce cas, que vas-tu faire ? » demanda Indy.

Les traits de Roberto se contractèrent d'une façon terrible.

« Je vais faire ce qui depuis la nuit des temps est le dernier recours des pauvres quand ils sont victimes de l'injustice d'un riche », répondit l'Italien.

Il ressemblait toujours autant à une statue, mais cette fois, ce n'était pas à celle d'Hercule. Avec ses mâchoires serrées, ses yeux brûlants, ses poings fermés, il rappelait plutôt une allégorie de *La Vengeance poursuivant le Crime Impuni.*

« Je vais me trouver un couteau bien aiguisé, conclut Roberto, et je vais trancher la gorge de Wilfred Frobisher. Voilà ce que je vais faire ! »

10

Les fils de Tancrède

« Oui, voilà ce que je vais faire, répéta Roberto. Mais pas tout de suite. Il faut d'abord que je me repose un peu. Je ne me sens pas très bien, tout à coup. »

Lizzie et Indy, qui voyaient déjà Wilfred Frobisher saigné à blanc et Roberto pendu pour ce meurtre, poussèrent un soupir de soulagement.

Mais lorsqu'ils regardèrent Roberto, ils se découvrirent bientôt un autre motif d'inquiétude : le jeune Sicilien paraissait effectivement *très* malade. Ombrés de cernes noirâtres qui grandissaient à vue d'œil, ses yeux brillaient de fièvre, et la peau de ses joues prenait une couleur de plus en plus malsaine.

Roberto aurait voulu rentrer chez lui en tramway, mais Lizzie insista pour qu'il prenne un taxi, et elle poussa la sollicitude maternelle jusqu'à donner elle-même l'adresse au chauffeur, et payer d'avance le prix de la course jusqu'à Greenwich Village.

« Et maintenant, que faisons-nous ? demanda-t-elle à Indy, lorsqu'ils furent seuls.

— Je vais rendre le vélo et l'uniforme au télégraphiste qui me les a loués, et puis je vais rentrer, répondit Indy.

— Si tu veux, je te raccompagne ?

— D'accord. »

Le télégraphiste attendait sous une porte cochère à deux rues de là. Dans l'ombre, et tandis que Lizzie regardait ostensiblement ailleurs, Indy ôta l'uniforme et récupéra ses vêtements. Après quoi, l'on se sépara bons amis.

Lizzie appela le premier taxi qui passa. Indy se sentait flatté. Lizzie aurait pu choisir de raccompagner Roberto. Au lieu de cela, c'était avec lui qu'elle restait.

Hélas, il comprit bientôt pourquoi.

« Je me fais du souci pour Roberto, reconnut-elle sans ambage, dès qu'ils furent installés dans la voiture. Il prend ces vieilles traditions de famille trop au sérieux.

— Tu veux dire la croix, et les gens qui meurent ? demanda Indy.

— Oui.

— Franchement, je... », commença-t-il.

Mais elle lui coupa la parole.

« Je crois que ça n'a rien à voir avec de la magie, affirma-t-elle, ses doigts nerveusement serrés sur ses genoux. C'est comme en Afrique ou aux Antilles. Comment cela s'appelle-t-il, déjà ? Le pouvoir de la suggestion. Le sorcier convainc quelqu'un qu'il va mourir de magie noire, et du seul fait que l'autre le croie, il meurt.

— Lizzie, tu penses vraiment que Roberto va... ?

— Je ne sais que penser, Indy. J'ai peur pour lui, c'est tout, avoua-t-elle avec des larmes dans les yeux. Il est si courageux, si fort... »

Avec des gestes empruntés, Indy prit la main de Lizzie entre les siennes.

« Tout ira bien, tenta-t-il de la rassurer. Tu verras. S'il a besoin d'aide, je serai toujours là. »

Lizzie se força à sourire.

« Oh, Indy ! s'exclama-t-elle. Tu as toujours été un si bon ami pour moi ! »

Et elle le serra un instant contre son cœur.

« Hé oui, voilà ce que je suis pour elle, pensa Indy. Un bon ami, rien de plus. Maintenant, je sais ce que ressentit la grenouille qui voulut se faire aussi grosse que le bœuf... »

La tête sur l'épaule d'Indy, Lizzie murmura quelque chose.

« Quoi ? demanda Indy.

— Je disais : "Cette maudite croix au rubis." C'est vraiment absurde, Indy. Tu as vu la taille de la pierre ? Si les Normanni l'avaient vendue, ils auraient eu de quoi s'acheter une ferme, mener la belle vie... Mais non, Roberto a préféré la cacher pendant toutes ces années. Et maintenant, il meurt littéralement de peur. »

Elle ravala un sanglot, et puis conclut avec dédain :

« *La Croce di Ruggiero !* Je ne concevrai jamais qu'on puisse avoir envie de mourir pour une chose qui porte un nom aussi ridicule !

— Comment dis-tu ? s'exclama Indy en se redressant brusquement sur son siège.

— *La Croce di Ruggiero !* N'est-ce pas ainsi que Roberto a appelé sa croix, en italien ?

— C'est pourtant vrai. »

Indy plissa le front, tâchant de rassembler des souvenirs épars dans sa mémoire. Il avait la certitude que son père lui en avait parlé un soir à table. C'était en rapport avec toutes ces recherches qu'il faisait en ce moment sur les Normands — mais pour l'instant, il n'arrivait pas à préciser ses souvenirs, et ça l'exaspérait.

« Lizzie, dit-il soudain, voudrais-tu venir avec moi chez ma tante ?

— Pour quoi faire ? Tu as besoin de quelqu'un qui témoigne que tu n'as pas passé ta journée à faire des calembredaines ? demanda Lizzie avec un pâle sourire. Je ferai de mon mieux, Indy. Mais je te rappelle quand même que c'est *toi* qui es censé veiller sur *moi*, et non l'inverse. »

La tante Mary attendait Indy de pied ferme, avec un nouveau sermon tout prêt, qu'elle n'avait plus qu'à réciter. Mais en voyant Lizzie, elle le rengaina, quitte à le ressortir un peu plus tard.

Indy fit les présentations. Après les politesses d'usage, tante Mary proposa aux jeunes gens de passer à table s'ils le souhaitaient.

« Quoique, rectifia-t-elle, je n'aie pas grand-chose à vous offrir. Indy, quand on ramène des gens à la maison, on prévient, nom de nom ! Enfin, ça vaut encore mieux que de courir les rues à des heures indues. »

En deux temps trois mouvements, elle eut tôt fait de leur mitonner une de ces omelettes dont elle avait le secret : délicat mélange des blancs et des jaunes *battus séparément* et d'un peu de crème fouettée pour la rendre encore plus moelleuse. Lizzie et Indy la dégustèrent en observant un silence penaud. Tante Mary les regarda se pourlécher. Puis soudain, entre la poire et le fromage, elle attaqua sans prévenir :

« Au fait, j'espère que tu as bel et bien passé la journée au musée comme je te l'avais recommandé ? Tu devais regarder les peintures... »

Indy, pris au dépourvu, resta un instant bouche bée.

Lizzie s'empressa de répondre à sa place.

« C'est exactement ce que nous avons fait, dit-elle d'un ton enjoué.

— Ouais, c'est bien ça, confirma Indy avec un clin d'œil complice et un sourire plein de gratitude en direction de Lizzie. Au fait, continua-t-il en regardant nerveusement autour de lui, où est papa ?

— Ton père donne une conférence. On l'a appelé à la dernière minute pour qu'il parle de l'art des Normands au Haut Moyen Age. On ne devrait pas prévenir les gens si peu de temps à l'avance ! Si j'ai bien compris, il s'agit d'un groupe de collectionneurs très fortunés qui désiraient apprendre un maximum de choses en un minimum de temps sur un sujet bien précis. »

Indy, qui était en train de se verser un verre d'eau, arrêta son geste en plein milieu et regarda sa tante.

« Le type qui a appelé, dit-il, il a donné son nom ?

— Oui, mais je ne m'en souviens plus, répondit tante Mary.

— Ce ne serait pas Frobisher, par hasard ?

— Quelque chose comme ça. Comment le sais-tu ? »

Indy ignora la question et continua :

« Si j'ai bien compris, papa risque de rentrer fort tard ? »

Tante Mary fit oui de la tête.

« C'est dommage, ça ! reprit Indy. Car Lizzie et moi avions des questions à lui poser à propos des Normands. Mais peut-être avons-nous une chance de trouver les réponses nous-mêmes en cherchant dans ses livres ?

— Il n'y a pas à dire, tu aimes vivre dangereusement, mon garçon ! répondit tante Mary avec un hochement de tête indulgent. Tu sais que ton père déteste qu'on dérange son bureau.

— Nous ferons attention », promit Indy.

Après le dessert, Lizzie et Indy passèrent dans le salon où était installée la table de travail du professeur Jones. Elle croulait sous des monceaux de livres dont dépassaient, çà et là, des feuillets de papier blanc couverts de notes manuscrites.

« Que cherchons-nous ? demanda Lizzie. Guillaume le Bâtard, duc de Normandie, a remporté la bataille d'Hastings en 1066 et conquis l'Angleterre. C'est ainsi qu'il a gagné son surnom de Guillaume le Conquérant. Tout le monde a appris ça à l'école !

— Il y a aussi, dans l'histoire des Normands, des faits d'armes moins connus, répondit Indy en tapotant la couverture d'un des livres de son père. Au départ, c'étaient des Vikings, de redoutables marins. Ils se taillèrent un domaine sur les côtes françaises. Et un siècle et demi plus tard, ils avaient édifié un Etat suffisamment puissant pour entreprendre avec succès la conquête de l'Angleterre. Mais trente ans avant ce grand événement que tout le monde connaît, des chevaliers normands s'étaient joints à la croisade pour délivrer de l'occupation sarrasine la Terre Sainte et le tombeau du Christ. Ceux-là finirent par se tailler un royaume à Antioche. »

Indy s'interrompit et fouilla dans les piles de bouquins.

« Ah, voici ! reprit-il. Italie. Vingt ans avant que Guillaume le Conquérant ne s'embarque pour l'Angleterre avec son armada, il y avait déjà des chevaliers normands dans le Sud de l'Italie. Des jeunes nobles, cadets de famille sans espoir d'héritage, ou qui avaient eu maille à partir avec la justice de leur duc et préféraient s'en aller guerroyer au loin que de se balancer au bout d'une corde. Ils se louaient comme mercenaires aux seigneurs du cru et se battaient à la place de leurs employeurs, comme tout bon mercenaire qui se respecte. »

Indy feuilleta les livres l'un après l'autre. Ils ne pouvaient tout de même pas tous être en vieux français, latin, grec ou Dieu sait quoi. Il finirait bien par s'en trouver un qu'il comprenne !

« Voilà le nom que j'essayais de me rappeler : Hauteville ! s'écria-t-il enfin. Parmi les aventuriers normands dont je viens de te parler, il y avait un certain Tancrède de Hauteville. Ce sont ses fils qui ont conquis le Sud de l'Italie aux dépens des Sarrasins. L'aîné, Robert, a été reconnu par le pape duc de Pouille et de Calabre. Il a envoyé son frère cadet, Roger, s'emparer de la Sicile, la grande île qui est au bout de la botte italienne comme un ballon devant la chaussure d'un footballeur. Roger y débarqua en 1061. En ce temps-là, donc, Guillaume le Bâtard avait encore cinq longues années devant lui pour caresser ses rêves de conquête de l'Angleterre! En fait, la guerre menée par ce Roger de Hauteville fut comme une sorte de répétition générale des croisades. Les Normands durent batailler trente ans, mais la Sicile finit quand même par tomber entre leurs mains.

— Quel rapport avec Roberto? demanda Lizzie d'une voix tremblante.

— Papa a retrouvé la trace d'une vieille légende, expliqua Indy tout en fouillant dans les notes de son père. Où est-ce? Ah, voici! Certains chroniqueurs rapportent que Roger de Hauteville possédait une épée magique. Dans la garde de cette épée se trouvait une pierre dotée d'un grand pouvoir surnaturel. D'après certains récits, la fameuse épée a permis aux Normands de sortir victorieux de plus d'une bataille — même à un contre dix. Bien sûr, tout le monde la convoitait, amis autant qu'ennemis. Cette épée, c'était la clé du pouvoir, en Sicile! Pour la protéger, et afin qu'elle ne sorte pas de sa famille, Roger de Hauteville prétendit qu'elle était maudite : malheur à quiconque la volerait, malheur à celui de ses descendants qui la perdrait!»

Indy releva les yeux.

«Ça nous rappelle quelque chose, n'est-ce pas?

— Oui, dit Lizzie d'une voix blanche. Et qu'est-il arrivé ensuite à cette épée?

— D'après les notes de mon père, reprit Indy, Roger la transmit à son fils, qui fut le premier à réunir en un même royaume la Sicile et l'Italie du Sud. Ensuite, elle disparaît. De toute façon, le royaume normand n'a pas tardé à disparaître, lui aussi.

— Soit, dit Lizzie en hochant la tête. Nous avons une épée maudite. Les gens croyaient n'importe quoi, en ces temps reculés. Mais quel rapport avec Roberto? Il est italien, pas normand, que je sache...

— N'oublie pas son nom de famille, interrompit Indy. Je n'y connais pas grand-chose en italien, mais je peux quand même facilement le traduire. Normanni signifie "des Normands". De même que je peux traduire *La Croce di Ruggiero.*

Cela veut dire, acheva Indy en regardant Lizzie droit dans les yeux, “la croix de Roger”. »

Lizzie parut fort ébranlée par ce qu’elle venait entendre. Mais elle s’entêta cependant.

« Il s’agit d’une croix, fit-elle remarquer. Tout à l’heure, tu parlais d’une épée.

— Les choses peuvent changer de forme en huit cents ans, surtout quand il faut les cacher », répondit seulement Indy.

Certes, l’argument de Lizzie ne le laissait pas indifférent, car il n’était point sot. Mais il avait bien le droit à sa petite dose d’obstination, lui aussi !

Il retourna aux notes de son père.

« Je ne t’ai pas encore tout dit à propos de cette épée, reprit-il. D’après certains chroniqueurs, on pouvait toujours appeler à son secours l’esprit de Roger. Ils citent même la formule magique. Je l’ai là, en latin — évidemment, puisque à l’époque tout ce qui avait un peu de solennité se disait en latin.

— Plus un mot sur ces fariboles ! interrompit Lizzie avec un brin de colère dans la voix. Il faut être fou pour répandre de telles légendes, et bien plus fou encore pour y croire. Merci quand même pour la leçon d'histoire ! »

La tante Mary, qui entra à ce moment-là dans la pièce et n'entendit que les derniers mots, n'en crut pas ses oreilles.

« Mon Henry qui donne une leçon d'histoire ! s'écria-t-elle. On aura tout vu ! C'est bien, mon garçon, je suis heureuse de voir que tu t'intéresses enfin à quelque chose de sensé. Toutefois, continua-t-elle avec un regard faussement sévère, je te rappelle que j'attends toujours ton rapport sur ta visite au musée.

— Je m'y mets ce soir même, promit-il. Dès que Lizzie sera partie...

— Tu fais bien de parler de partir, s'exclama Lizzie en regardant sa montre. Il est grand temps que je rentre. Au campus, ils sont pires que pour Cendrillon : nous n'avons même pas la permission de minuit ! »

Indy la raccompagna jusque dans la rue, où ils échangèrent encore quelques paroles en attendant qu'un taxi vienne à passer.

« Je pense toujours que cette histoire n'a ni queue ni tête, dit Lizzie. Mais je me fais quand même du souci pour Roberto. Hélas, moi, demain, j'ai cours toute la journée ! Alors, conclut-elle avec une fervente prière dans les yeux, je compte sur toi : veille sur Roberto, d'accord ?

— Je ferai de mon mieux », promit Indy.

Il lui adressa un petit signe de la main lorsqu'elle s'éloigna dans le premier taxi qui avait fini par se présenter. Puis, il retourna dans sa chambre, avec l'intention de s'attaquer sur-le-champ à son « rapport ». Mais la seule chose dont il se souvenait, c'était d'avoir vu des armures et des sarcophages...

Le lendemain matin, Indy se leva de bonne heure, s'habilla en toute hâte, sauta le petit déjeuner et ne lésina pas sur le prix d'un ticket de métro pour se rendre à Greenwich Village, car le temps lui était compté. Mais, même ainsi, il arriva devant l'immeuble où Roberto avait trouvé un gîte de fortune juste à temps pour voir sortir le jeune Sicilien.

Ce n'était plus le solide et fringant Roberto qu'il avait connu, portant des blocs de pierre sur ses épaules comme si c'étaient des oreillers de plumes. Hélas! ce Roberto-là aurait sans doute eu bien du mal à soulever un simple fêtu de paille... Il marchait voûté, d'un pas saccadé, comme un vieillard perclus de rhumatismes. Son teint avait pris une vilaine coloration jaunâtre, et la peau sur ses pommettes était bistre et craquelée comme un vieux parchemin. Jamais Indy n'avait rencontré quelqu'un d'aussi mal en point! Lizzie avait eu raison de s'inquiéter.

De loin, en se cachant, Indy suivit Roberto. Son ami n'avait sans doute pas envie d'être vu dans le piteux état où il se trouvait. D'une démarche hésitante, Roberto se rendit à la station du métro aérien, à l'angle de la 9e Rue et de la 6e Avenue. Cela faisait mal au cœur de le voir traîner la semelle dans l'escalier, agrippé à la rampe, vacillant, peinant, ahanant.

L'Italien se hissa dans le wagon de queue, Indy sauta dans celui d'à côté. Le métro allait partir... Juste au moment où les portières se refermaient, un retardataire se faufila dans le même wagon que Roberto. En apercevant son visage, Indy eut un frisson d'horreur.

Massif, déguenillé, vérolé, livide, c'était un des trois hommes qui les avaient attaqués chez Roberto, un des voleurs de la croix de rubis. C'était Face-de-lune !

Quel mauvais vent l'amenait ici ?

11

Sérénade sous un balcon

Indy ne devinait que trop bien la réponse à sa question. A la station suivante, il s'empressa de changer de wagon pour rejoindre les deux protagonistes du drame qui, sans nul doute, allait se jouer.

Il n'eut aucune peine à situer le voyou ; la foule s'écartait en tremblant devant sa mine terrible — comme la mer Rouge devant Moïse... Et elle se refermait aussitôt sur Indy — comme cette même mer Rouge sur l'armée du pharaon.

Face-de-lune ne remarqua pas Indy. Son regard était braqué sur Roberto : un regard assassin !

Le jeune Italien était appuyé contre la porte du fond, les yeux clos. Il ne vit pas venir l'ennemi.

Indy joua des coudes pour se rapprocher. Personne ne fit attention à lui. Personne ne remarqua non plus le drame qui se joua au fond du wagon, car la monumentale carrure de Face-de-lune le masqua aux trois quarts.

D'une terrible bourrade, le truand poussa Roberto par la porte, le précipitant sur la plate-forme à l'arrière du wagon. Puis il sauta à son tour, suivi de près par Indy. Déjà, Face-de-lune s'apprêtait à jeter par-dessus la rambarde le malheureux Roberto qui, visiblement, ne songeait même pas à réagir...

Le métro poursuivait sa route dans un fracas assourdissant qui couvrit le hurlement de terreur poussé par Roberto. D'un bref coup d'œil, Indy embrassa la situation : s'il n'agissait pas, Roberto irait s'écraser quinze mètres plus bas sur le sol pavé...

Il n'était plus temps d'hésiter. Bondissant comme un diable hors de sa boîte, Indy abattit de toutes ses forces ses deux poings fermés sur la nuque de Face-de-lune. La brute broncha à peine — assez, cependant, pour fournir à Roberto un instant de répit. Mais Face-de-lune le saisit de nouveau à la gorge et serra d'une main d'acier, tandis que, de l'autre, il frappait à l'aveuglette derrière lui. Indy reçut un formidable coup en pleine poitrine, qui l'envoya valser dans le coin opposé de la plate-forme. Il se retrouva penché en arrière par-dessus le garde-fou, comme une danseuse de tango. Ouf! Un peu plus, et il faisait le grand plongeon... Maintenant, il savait ce que ressent la mouche giflée par une queue de vache!

Face-de-lune étranglait Roberto et le poussait au-dessus du vide. Dans le feu de la bataille, il trouvait même la force d'exulter à haute voix :

« Mes deux copains sont trop malades pour s'occuper de toi, Normanni! Mais moi, je me relèverais de ma tombe s'il le fallait, pour avoir ta peau! »

Indy savait maintenant qu'il n'avait pas assez de force dans les bras pour s'occuper du colosse, dont la haine décuplait la force. Il se servit donc de ses pieds. Prenant appui sur la rambarde, avec l'énergie du désespoir, il projeta ses talons dans les jambes de Face-de-lune, là où les froissements du pantalon indiquaient la pliure du genou.

Face-de-lune perdit l'équilibre.

Une fraction de seconde plus tard, c'est en plein ventre qu'il reçut les deux pieds... de Roberto. De telles coïncidences ne se trouvent qu'une fois.

Face-de-lune fut projeté en arrière, par-dessus Indy, qui se baissa pour l'éviter... et par-dessus la rambarde.

Les yeux exorbités par la terreur, battant ridiculement des bras comme s'il cherchait à voler, le truand eut encore le temps de proférer une imprécation avant de s'écraser sur le sol pavé quinze mètres au-dessous.

Dans le wagon, personne n'avait rien remarqué.

A la station suivante, Indy et Roberto furent les premiers à descendre. Leurs tenues en désordre n'attirèrent sur eux aucun regard appuyé : on avait l'habitude de croiser des pauvres, dans New York, en ce temps-là comme aujourd'hui.

A peine dans la rue, Roberto s'effondra.

A voir son visage livide comme celui d'un agonisant, Indy comprit que l'heure n'était pas aux demi-mesures. Sans hésiter, il sacrifia son dernier dollar pour le faire conduire en taxi dans le plus proche hôpital.

« Quoi ! s'exclama Lizzie. Qu'est-ce que vous voulez dire ?

— Qu'il est en train de mourir, et que je n'ai pas la moindre idée de ce dont il souffre », répondit le médecin.

Lizzie était rouge de colère.

« Est-il malade ? Peut-être a-t-il été blessé dans la bagarre ? Ou peut-être qu'on l'a empoisonné ? Il a des ennemis, vous savez, des ennemis puissants...

— Comme je vous l'ai déjà dit plusieurs fois, mademoiselle Ravenall, repartit le médecin, vaguement excédé, pour étrange que cela paraisse, je ne fais que constater les faits. M. Normanni est jeune, de constitution robuste... et cependant, acheva-t-il avec un haussement d'épaules résigné, sa vie s'écoule hors de lui, comme l'eau hors d'une cruche fêlée.

— Mais alors, qu'allez-vous faire ? insista Lizzie.

— Que voulez-vous que je fasse ? répondit le médecin en baissant les yeux vers le carrelage à damier. Voilà quelqu'un qui n'a ni plaie ni maladie et qui, depuis un quart d'heure, a sombré dans le coma. Je suis désolé, mademoiselle, mais dans un tel cas, la médecine est impuissante. Il ne reste plus qu'une solution : prier. »

La mort dans l'âme, Lizzie retourna dans la chambre de Roberto. Elle avait ordonné qu'on le soigne au mieux, appelé à son chevet les meilleurs médecins. Et cependant, Roberto était là sur son lit, immobile comme un gisant de cathédrale, et pâle comme un cierge.

Elle se tourna vers Indy.

« Mais c'est absurde, à la fin ! Il est grand, jeune, fort — tu as vu comme moi ce qu'il faisait avec les blocs de pierre. Et maintenant, il se meurt ! Pourquoi ? Pourquoi, grands dieux !

— C'est à cause de la croix, répondit Indy d'un ton lugubre. *La Croce di Ruggiero*. La malédiction...

— Arrête avec ces sornettes, Indy ! l'interrompit-elle, tout à fait furieuse. Jamais je ne croirai que Roberto est en train de mourir parce que quelqu'un a volé... ce hochet ridicule! »

Indy essaya de ne pas s'emporter. Il prit un ton calme et convaincant.

« Lizzie, commença-t-il. Depuis l'an dernier, je suis tombé, au cours de mes aventures, sur une couronne *magique*[1], une bague *magique*[2] et un couteau *magique*[3] ! Si je devais n'en tirer qu'une leçon, ce serait de ne jamais traiter par le mépris les phénomènes que je ne comprends pas. »

Il prit Lizzie par la main.

« Du moins, il y a quelque chose que nous pouvons faire, au lieu de rester ici à nous croiser les bras en attendant je ne sais quel dénouement. Viens! Retournons chez Frobisher! »

Lizzie se laissa docilement entraîner et suivit Indiana dans le premier taxi qu'ils rencontrèrent. Mais pendant le trajet, elle exprima ses doutes.

« Nous cherchons une aiguille dans une botte de foin, se plaignit-elle.

---

1. Voir *Indiana Jones Jr et le masque de fer*, dans la même collection.
2. Voir *Indiana Jones Jr et le tombeau du pharaon*, dans la même collection.
3. Voir *Indiana Jones Jr contre le roi Zed*, dans la même collection.

— Pas du tout, répliqua Indy. Dans son billet, Roberto demandait à Minna Frobisher de chercher à savoir où était la croix. Si jamais elle l'a découverte, elle attend notre signal pour nous faire passer un message.

— *Si* elle trouve la croix. *Si* elle peut nous faire passer un message. J'aurais mieux fait de rester à l'hôpital au chevet de Roberto... »

Ils se firent déposer un peu à l'écart de l'hôtel particulier de Frobisher et finirent le trajet à pied. La grande bâtisse rose brillait d'un éclat aveuglant dans le soleil. En passant sous les fenêtres de Minna, Indy se mit à siffloter, afin d'attirer son attention. L'air qu'il avait choisi lui semblait particulièrement bien trouvé : « Une pauvre petite fille riche dans sa prison dorée... ». Il arrivait au deuxième couplet lorsqu'une main, au premier étage, écarta un rideau et, par la fenêtre entrebâillée, jeta quelque chose qui atterrit sur le trottoir en faisant *clic !*

Lizzie se précipita sur le petit paquet blanc, qu'elle ramassa et ouvrit en toute hâte. C'était un mouchoir en dentelles, qui contenait un billet, plié autour d'une pièce de vingt dollars en argent.

« Voilà qui paiera le tour de la ville en taxi, dit Indy en voyant la pièce. Que dit Minna ?

— *Wilfred garde la croix dans son coffre à la banque* », lut Lizzie, dont les épaules s'affaissèrent en signe de découragement.

Puis elle parut reprendre espoir et se tourna vers Indy.

« Mais il organise ce soir même, à huit heures, une vente aux enchères chez Delmonico, à l'issue d'un dîner qui se tiendra dans le salon particulier du premier étage.

— Delmonico ! C'est le restaurant le plus sélect de la ville, expliqua Indy.

— Wilfred a invité les plus riches hommes d'affaires du pays, continua Lizzie. Ils sont tous des collectionneurs invétérés, et apparemment la croix les fascine.

— Mmmh, je comprends. Wilfred espère qu'après cela, les autres se sentiront bien obligés de lui rendre son invitation. Dans la conversation que j'ai surprise, il se vantait de faire prochainement son entrée dans le grand monde grâce à cette croix. Le problème, enchaîna Indy en hochant la tête, c'est qu'on n'entre pas chez Delmonico comme dans un moulin, et que je ne vois pas comment nous pourrions nous mêler à une petite sauterie très privée entre milliardaires. »

Il observa pensivement Lizzie, et tout à coup ses yeux s'illuminèrent, tandis qu'il saisissait le bras de la jeune fille et le serrait à lui faire mal.

« Ou plutôt si, je vois comment! s'écria-t-il. Nous allons nous faire embaucher comme extras. Et si ça ne marche pas, nous trouverons bien des apprentis à qui nous louerons leurs livrées. Les vingt dollars en argent de Minna devraient bien nous le permettre! »

C'est ainsi que le soir même, dès sept heures, Lizzie et Indy se promenaient librement chez Delmonico. Ils n'eurent même pas à se déguiser. Il leur suffit de prétendre qu'ils étaient expérimentés, formés à l'école française — et comme le maître d'hôtel était dans son bon jour, il les engagea sur-le-champ pour la soirée.

Indy se trouvait plutôt mignon dans son uniforme blanc de saucier, avec toque sur la tête et serviette nouée en foulard autour du cou. Mais Lizzie pestait rageusement contre sa tenue d'accorte soubrette.

« Cette jupe est d'une indécence ! protesta-t-elle. Regarde, elle est si courte que pour un peu, on verrait mes genoux ! Quant à ces petits chaussons plats, ils me font des chevilles horribles ! Non mais, regarde-moi ça ! »

Indy obéit à Lizzie sans se faire prier : il regarda. Et même plutôt deux fois qu'une ! Puis il la complimenta sur la finesse de ses attaches en rougissant.

Bien sûr, ni l'un ni l'autre n'aurait su disposer convenablement l'argenterie sur une table ou tourner une béchamel. Aussi, en attendant l'heure d'agir, se contentèrent-ils de tournoyer de pièce en pièce avec une pile d'assiettes vides à la main.

La cuisine, avec ses murs de ciment nu, ressemblait à une caverne. Des piliers assez laids soutenaient le plafond. Sur des tables de bois très ordinaires, les plus riches victuailles attendaient le bon vouloir des maîtres-queux. Indy remarqua des volailles, des viandes, et une pâtisserie pas encore tout à fait terminée dont le décor représentait les armoiries de quelqu'un.

« Prêts pour le service du dîner Frobisher ? » fit soudain une grosse voix.

Soulagés de pouvoir enfin passer à l'action, Lizzie et Indy attrapèrent chacun un plateau et se joignirent à la ribambelle de serveurs. Ils se laissèrent guider le long de couloirs lugubres et d'escaliers fort raides, jusqu'à ce que le maître d'hôtel, qui dirigeait le convoi, ouvrît une porte en chêne.

En la franchissant, ils eurent l'impression de pénétrer soudain dans un autre monde. Le salon particulier était luxueux et cossu : tapis de soie aux riches couleurs, boiseries, tentures de soie, mobilier de style, nappe de lin sur la table. L'argent massif des couverts rivalisait d'éclat avec l'énorme lustre tout en perles de cristal.

Tous ceux qui étaient assis là portaient costumes noirs, chemises immaculées et nœuds papillons. Des pieds à la tête, ces gens-là sentaient l'argent à vingt pas. Ils étaient tous vieux et ridés, et l'amertume affaissait les coins de leurs bouches. Ce qu'il leur restait de cheveux était invariablement blanc.

Un seul convive était jeune : Wilfred Frobisher. En le revoyant, Indy ne put contenir sa surprise et dissimula un hoquet derrière son foulard. Ce n'était plus que l'ombre de lui-même. D'énormes gouttes de sueur constellaient son front, ses joues pendaient, ses petits yeux de porc brillaient fiévreusement.

« Frobisher, vous n'avez pas l'air dans votre assiette, fit observer un des richards. Vous devriez peut-être essayer les produits diététiques que ma firme vient de lancer, flocons d'avoine, cornflakes...

— Non, merci, répondit Frobisher. Ça passera tout seul. C'est l'émotion. Après tout, ce n'est pas tous les jours qu'on peut admirer une telle merveille... »

Ouvrant le coffret en bois de rose posé à côté de lui, il en sortit *La Croce di Ruggiero*, qu'il tint à bout de bras dans la lumière.

Plus personne dans la pièce n'osait respirer.

« Selon ce que je sais, expliqua-t-il, elle fut apportée en Amérique par un petit

Rital qui n'en connaissait pas la valeur. Mais moi, j'ai tout de suite vu de quoi il retournait. De toute évidence, il s'agit là d'un inestimable échantillon d'orfèvrerie normande du Haut Moyen Age, et j'ai...

— Et vous la lui avez volée! hurla Indy en s'avançant d'un pas. Inutile de nier, j'étais là quand vos hommes de main ont fait le coup!»

12

Le chevalier fantôme

Indy ne s'attendait pas à provoquer un tel charivari. Tous les hommes ici présents devaient pourtant avoir l'habitude d'être traités de voleurs. Etait-ce d'entendre l'accusation résonner sous les lambris de Delmonico qui les choquait tant ?

Les mains des serveurs s'abattirent sur les épaules d'Indy. Ceux-là avaient eu tôt fait de choisir leur camp. Evidemment, puisque leurs pourboires dépendaient de leur aptitude à flatter les riches. Sans délai, Indy fut entraîné comme un malpropre vers la sortie.

Lizzie intervint.

« Ce que vient de dire mon ami est vrai ! cria-t-elle. Wilfred Frobisher a envoyé des voyous pour brutaliser Roberto Normanni parce qu'il essaie d'organiser un syndicat. Et, tandis qu'ils y étaient, continua-t-elle par-dessus les huées, ils ont aussi volé le trésor de Roberto. Wilfred Frobisher, vous n'êtes qu'un voleur! Un voleur et un menteur! Hé, là, vous autres, bas les pattes, protesta-t-elle, tandis que d'autres serveurs l'empoignaient rudement et l'entraînaient au-dehors.

— Monsieur, demanda le maître d'hôtel à un Wilfred Frobisher, écarlate de fureur. Que dois-je faire de ce fou et de cette folle? Appeler la police?

— Bonne idée! Qu'ils aillent un peu tâter de la paille humide des cachots, ça leur apprendra à vivre», approuva le marchand de corn-flakes.

Indy réfléchissait à toute vitesse. Une idée lui passa par la tête.

«C'est cela, monsieur Frobisher, cria-t-il alors qu'il était déjà engagé dans la porte. Mettez la croix aux enchères! Et que quelqu'un d'autre profite du trésor qu'elle recèle!

— Un trésor? Quel trésor? bredouilla Frobisher, dévoré par une soudaine convoitise.

— Si vous avez parlé avec Roberto, vous devez savoir que la croix s'ouvre en deux. Il y a un petit cliquet près du rubis. Faites-le basculer, vous verrez bien.

— Il y a un bien petit cliquet! s'exclama Frobisher, après avoir examiné de près la croix. Elle a peut-être encore plus de valeur que je ne croyais... »

Il démonta la croix. Du coup, un morceau de l'axe se retrouva dans sa main gauche, le reste dans sa main droite. « Bien sûr! se dit Indy, en revoyant la pièce en forme de "T". Comment n'y ai-je pas pensé plus tôt? Pourtant, Dieu sait combien j'en ai vu de semblables dans les musées! *Il Croce Ruggiero* n'est pas une croix! C'est la garde d'une épée, maquillée pour ressembler à une croix! »

Et il se mit à psalmodier en latin, en espérant ne rien oublier de la formule magique qu'il avait lue dans les notes de son père.

« Veni, Rogere, veni! »

Assurément, c'était bel et bien là la bonne formule.

Pour commencer, le rubis se mit à scintiller de façon presque aveuglante.

« Qu'est-ce que c'est que ça ? » s'exclama Frobisher en regardant le phénomène, l'air sidéré.

Puis une lame, surgie d'on ne sait où, apparut au bout de la garde. Au début, Indy crut à une illusion d'optique. Mais non, c'était bien une vraie lame, qui scintillait dans la lumière du lustre. Fasciné par ce prodige, Frobisher en resta cloué sur son siège.

Enfin, l'atmosphère dans la pièce se rafraîchit sensiblement, et un silence pesant s'installa.

Revenant peu à peu de sa stupeur, Indy s'aperçut que plus personne ne lui tenait les bras. Les serveurs s'étaient enfuis. Alors, il découvrit à son tour ce qui effrayait tout le monde.

Juste derrière Frobisher était apparue une haute silhouette, vêtue d'une cote de mailles, comme les guerriers du temps des Croisades. Et le plus terrifiant, c'était qu'on voyait au travers.

A vue d'œil, le fantôme s'épaissit. Son visage était à moitié caché par un casque conique et une plaque de métal dissimulait son nez. Mais on pouvait cependant distinguer la rage qui crispait ses traits et brillait dans ses yeux bleus. Sa peau avait la couleur de la craie. Et plus le fantôme devenait dense, plus la température de la pièce baissait.

« Qu'est-ce que c'est que ça ? murmura Lizzie en venant se placer à côté d'Indy.

— Ma chère amie, permets-moi de te présenter Roger de Hauteville, comte de Sicile, frère de Robert, duc de Pouille et de Calabre, et père de Roger II, le premier roi normand de Sicile, répondit Indy. Et je crois qu'il veut son épée. »

Le comte Roger se tenait maintenant juste derrière le siège de Wilfred Frobisher. Et sa fantomatique main s'abattit.

Lorsqu'elle lui toucha l'épaule, Frobisher sursauta, comme s'il avait été percuté par un iceberg. Se retournant brusquement, il rencontra le regard bleu du chevalier fantôme.

Un cri étranglé s'échappa de sa gorge. Il paraissait vouloir s'enfuir, mais il n'osait ni ne pouvait repousser la main glaciale qui lui brûlait l'épaule.

Frobisher était resté seul à la table. Ses invités avaient battu en retraite, et

s'étaient agglutinés dans le coin de la pièce le plus éloigné du fantôme, où ils formaient maintenant une grappe tremblotante.

Il n'y eut donc personne pour s'opposer au comte Roger lorsqu'il arracha l'épée des mains de Frobisher. Et c'est avec des airs de connaisseur qu'il testa du pouce le fil de la lame. Rassuré, il souleva de la main gauche le menton de Frobisher pour exposer sa gorge, et souleva l'épée, prêt à frapper.

« Non ! » cria Indy.

Les yeux bleus de Roger de Hauteville se tournèrent vers lui.

« *Noli necare !* supplia Indy en latin. Ne le tuez pas ! »

Pour la première fois, il eut l'occasion de se féliciter que son père et la tante Mary l'aient forcé à étudier cette langue qui ne l'avait jamais intéressé. Maintenant, c'était sa dernière chance de sauver la vie de Wilfred Frobisher.

« Le sang de ce voleur ne doit pas souiller votre épée, continua-t-il en latin. Donnez-la-moi plutôt, que je la rende à son légitime propriétaire. »

Pendant un long moment, les yeux de l'homme qui était mort depuis plus de huit siècles se plantèrent dans ceux du garçon, comme s'ils fouillaient son âme. Enfin, Roger de Hauteville hocha la tête. Lâchant sa proie, il laissa retomber son épée sur la table.

Frobisher sanglotait, cherchait son souffle, comme un poisson hors de l'eau. Mais du moins son visage reprenait-il, grâce à la suffocation, un semblant de couleur — sauf à l'endroit où Roger de Hauteville avait posé les doigts, et qui restait blanc.

Indy plongea pour récupérer l'épée, dont la lame était lentement en train de se dissoudre dans l'espace. La garde en était froide comme la banquise. Le rubis, au centre, s'éteignait peu à peu.

Pour la tenir, Indy l'enveloppa dans une serviette. Il n'eut aucune difficulté à remettre en place le morceau démontable et à lui redonner ainsi sa trompeuse forme de croix.

Quand il releva les yeux, le fantôme de Roger de Hauteville avait disparu — il était retourné vers les mystérieuses limbes qu'il hantait depuis plus de huit siècles.

« Messieurs, c'est l'heure de nous quitter, annonça alors Indy aux titans du commerce et de l'industrie qui grelottaient toujours de peur dans leur recoin. J'ai promis de restituer cette croix à son légitime propriétaire, et je m'en vais tenir parole. »

Lizzie et Indy quittèrent la pièce sans que personne ne songe à s'interposer. Courant à perdre haleine dans la 5e Avenue, ils hélèrent le premier fiacre qu'ils aperçurent. Indy tenait toujours la croix enveloppée dans la serviette.

Lizzie donna l'adresse de l'hôpital et cria :

« Fouettez vos chevaux. C'est une question de vie ou de mort ! »

Le cocher approuva d'un signe de tête et s'élança. Lizzie et Indy ne parlaient pas. Enfin, Indy rompit le silence :

« Et que penses-tu maintenant de ce que tu appelais il n'y a pas si longtemps encore des "sornettes" ?

— Je te le dirai plus tard, si nous sauvons la vie de Roberto », répondit Lizzie.

Ensemble, ils se ruèrent dans les couloirs de l'hôpital. Un grand nombre de gens piétinaient devant la porte de la chambre de Roberto. Il y avait là son oncle, sa tante, son cousin Silvio, des amis. Et puis un docteur à la mine allongée. Et puis une infirmière à l'air triste. Et puis un homme tout de noir vêtu : un prêtre!

Dans la chambre, quelqu'un pleurait.

Lizzie et Indy échangèrent un regard accablé : arrivaient-ils donc trop tard?

Lorsqu'ils entrèrent dans la chambre, ce qu'ils virent les sidéra : Minna Frobisher, en larmes, tenait la main de Roberto.

« Minna? s'exclama Lizzie. Que fais-tu ici?

— Un des serviteurs de mon frère a su ce qui était arrivé à Roberto, expliqua la brunette. Il l'a dit à ma femme de chambre, qui me l'a répété, et j'ai accouru. Je me suis évadée de ma chambre comme d'une prison! En confectionnant une corde avec mes draps.

— Pourquoi tant de hâte? s'étonna Lizzie.

— Parce que nous nous aimons. Personne ne l'a jamais su, mais nous nous aimons.

— ...Aimons ? » répéta Lizzie.

Elle semblait avoir reçu un coup de marteau sur la tête.

« Oui, reprit Minna entre deux sanglots. Nous nous connaissons depuis plus d'un an. J'étais allée l'entendre parler dans un meeting. C'est un homme si exceptionnel... »

Les sanglots de Minna redoublèrent.

« Comment ne pas tomber amoureuse de lui ? reprit-elle. Et puis, miracle des miracles, j'ai découvert qu'il m'aimait aussi.

— ...Aimait aussi ? » répéta tristement Lizzie.

Pendant ce temps-là, Indy s'était approché du lit où Roberto reposait, à l'agonie. Sans mot dire, il désenveloppa la croix et la posa sur la poitrine du mourant.

L'espace d'une seconde, il ne se passa rien.

Roberto glissait toujours lentement vers le royaume des morts.

Puis, tout à coup, la résurrection commença.

Roberto rouvrit les yeux.

« Minna ? » dit-il dans un souffle.

Sentant un poids sur sa poitrine, il baissa les yeux.

« Ma croix ? »

Il regarda Lizzie et Indy.

« C'est vous qui... ? Mais comment... ? Qu'est-ce que... ? »

Indy lui fit signe de ne pas se fatiguer à le remercier. Minna se remit à pleurer, mais cette fois de joie, et elle s'abandonna à l'étreinte du jeune Italien.

« Hum, hum ! fit Indy en saisissant Lizzie par le coude. Nous devrions peut-être les laisser seuls », proposa-t-il.

Tous deux sortirent de la chambre, songeurs. Dans le couloir, on riait, on pleurait, on rendait grâces au ciel, on se congratulait en italien. Difficile de se souvenir qu'on était dans un hôpital new-yorkais et non en plein cœur de Naples... Indy et Lizzie, se sentant un peu de trop, gagnèrent en toute hâte la sortie.

Lizzie se taisait. Indy éprouvait du chagrin pour elle. Elle s'était donné tant de mal pour Roberto, et tout cela pour apprendre à la fin que ce qui était déjà pris n'était plus à prendre...

Ils marchèrent longtemps sans rien dire, puis, tout à coup, Lizzie éclata de rire.

« Au moins, Roberto n'aura plus à se faire de souci pour sa croix ! expliqua-t-elle avec une pointe d'humour amer. Il va rentrer dans la famille Frobisher et les Frobisher s'y entendent pour mettre leurs trésors à l'abri. »

Indy rit avec elle.

« Bah, je m'en remettrai, reprit-elle. Il me reste toujours mon combat pour le droit de vote des femmes... et quelques bons amis », ajouta-t-elle en prenant Indy par le bras.

Il n'en fallut pas plus pour qu'Indiana recouvre sa bonne humeur.

« Tu vas me faire une promesse, Lizzie, dit-il soudain.

— Accordé d'avance.

— Où que tu sois, lorsque tu rencontreras des histoires de magie auxquelles tu ne voudras pas croire, pense à moi !

— Je te le jure, répondit la jeune fille.

— A propos..., reprit Indy.

— Oui ?

— T'y connais-tu en peinture ?

— Un peu, dit Lizzie. Pourquoi ?

— Parce que j'ai toujours mon "rapport” sur le Metropolitan Museum à finir. Et c’est toi qui as dit à tante Mary que j’avais vu les tableaux. Tu ne voudrais quand même pas me faire passer pour un menteur ?»

Lizzie éclata de rire.

« Dieu m’en préserve, Indiana Jones, dit-elle. Dieu m’en préserve!»

IMPRIMÉ EN FRANCE PAR BRODARD ET TAUPIN
Usine de La Flèche, 72200.
Dépôt légal Imp : 6929E-5 – Edit : 7549.
20-07-8667-01-6 – ISBN : 2-01-018845-4.
Loi nº 49-956 du 16 juillet 1949 sur les publications destinées à la jeunesse.
Dépôt : mai 1992.